屋上で縁結び

日曜日のゆうれい

岡篠名桜

集英社文庫

◇目次

本文デザイン／柳瀬向日葵
（テラエンジン）

日曜日のゆうれい

屋上で縁結び

日曜日のゆうれい

1

薄暗い階段室の踊り場の数字は〝8〟。

地下一階から一定のリズムで上がってきた足をこの場所でいったん止め、呼吸を整える。

約四か月間週五日も続けてきた習慣とはいえ、一気に八階分の階段を上るのはなかなか大変だ。足も体も鍛えられてはきているのだろうが、それでも息は上がるし、足も重い。

膝の怠《だる》さが軽くなるのを待ち、深呼吸をして、苑子《そのこ》は再び顔を上げた。

あと三階分。

階段を上がった先に、扉がある。

息が乱れないように、一歩一歩、丁寧に足を運ぶ。

扉を開けた向こうには赤い鳥居と。

(……あ)

今日は、いない。

途端に疲労に耐えていた体ががくんと重くなった。

いや——諦めるのはまだ早い。祠《ほこら》の裏側で掃除をしているかもしれない。期待を込めて鳥居を潜《くぐ》るが、その時点で人の気配を感じず、やっぱりいないのだと項垂《うなだ》れた。仕方がない。時間が合わなかったのだろう。とりあえずお参りお参り。

ちゃりんと賽銭箱《さいせんばこ》に小銭を入れて手を合わせる。

(神様いつもありがとうございます。今日の午前のお仕事は特にトラブルもなく順調でした。午後もこの調子で頑張れますように。あっ、あのおじいちゃんが無事に目的地に着いていますように)

願い事なのかお礼なのか報告なのか、自分でもよくわからないとりとめのないことを苑子は祠に向かって唱えた。

ここは都内某所にある近野《こんの》ビルの屋上である。

地下二階、地上十階建てのオフィスビルだ。地下一階にある須田《すだ》メンテナンスが苑子の勤めている管理会社だった。近野ビル自体を管理している会社である。

大学卒業後、四年間勤めた会社が倒産し、長く厳しい再就職活動の末に、苑子はこの会社に出会った。

いや、出会えたというべきか。

巡り会わせてくれたのは、この屋上にある賀上神社《かがみじんじゃ》だった。

と、苑子は今でもそう信じている。

連敗続きだった再就職活動の中、面接で訪れた高層オフィスビルの窓から、偶然この近野ビルの屋上に佇《たたず》む赤い鳥居が見えたのだ。

それに向かって願掛けをしたおかげで、苑子はこのビルに入っている会社に就職することができた。一般事務で採用されたはずが、なぜかビルの顔というべき受付業務を担当するという、自他ともに認める地味系女子の苑子にとっては試練でしかない展開が待ち受けていたが、そこは自分はあくまで受付嬢ではなく受付担当員だと自覚することで前向きに業務をこなしている。

ちなみに、今日は午前中にビルへの来訪者ではなく、ビル周辺で道に迷った年配の男性がやってきた。目的地の場所がわからず弱り果てていたところ、外から受付のカウンターが目に入ったというわけだ。奇《く》しくも男性が探していたのはビルの近所にある、賀上神社の本宮だった。そんな些細《ささい》なことにも縁を感じてしまう最近の苑子である。

自分とこの会社との縁も、賀上神社が取り持ってくれた。

苑子がそう信じたくなるのは、賀上神社が縁結びの神社として有名だと言われているからだろうか。

参拝客は地下二階の駐車場から階段室に入り、十二階分の階段を上がって参拝する。

情緒も風情もない無機質な階段だが、それが賀上神社への参道なのである。毎日、苑子は昼休憩に須田メンテナンスがある地下一階からその参道を上がり、参拝するのを日課としていた。

会社との縁を結んでくれただけではない——彼とも出会わせてくれた。縁が繋《つな》がっているかどうかは、今のところわからないけれど。

そんなことを考えながら、いつもの場所——屋上の設備機器の建物の下——でひとりお弁当を広げていると、

「あ。苑子さん」

屋上の出入り口のほうから手を振りながら男性が近づいてきた。グレーのパーカーに黒いジャンパー、穴あきジーンズにスニーカー。癖のない長めの髪が、少し寒さが和らいだ三月の風になびく。

「神主さん」

「よかった。間に合った」

笑顔を見せながら、当然のように苑子の隣に腰を下ろす。膝のところがぱっくり破れたジーンズから白い膝小僧が見えて、苑子はどぎまぎした。

松葉《まつば》幹人《みきと》というこのカジュアルすぎる出《い》で立ちをした三十一歳の男性はれっきとしたこの賀上神社の神主である。

須田メンテナンスの採用面接の日にビルのロビーですれ違い、出勤初日にこの屋上で再会、その後どういう経緯かお弁当を一緒に食べる仲になってしまった。

互いにほのかな想《おも》いを抱いている気はしている。苑子の勘違いでさえなければ。だが今のところ、お弁当を食べる仲からは進展していない。

……そうだろうか。

彼は一方的に進展している——のかもしれない。

いつのまにか、苑子を名前で呼んでいる。少し前までは名字で瀬戸《せと》さんと呼んでいたのに。

その変化の瞬間を、不覚にも苑子は見過ごしてしまっていた。結果、自分はまだ幹人のことを名前では呼べずに、神主さん、で通している。

だが呼び方が名字から名前に変わったとはいえ、やっぱり何も前には進んでいないのだろう。

相変わらず、ランチタイムの約束はしていない。休憩が交代制である苑子の昼休み時間は日替わりだし、毎日掃除をするためこの屋上神社を訪れる幹人も時間は決まっていない。神主とはいえ、主なお勤め先は本宮なのだ。こうして顔を合わせた時にだけ、一緒に昼ご飯を食べる。たったそれだけの仲だった。

ましてや、ここ以外での場所で会う約束をしたこともない。待ち合わせをして一緒にどこかへ出掛けたこともないし、誘われたことも誘ったこともない。そもそもそういった話題が出ない。話をするときも、お互い、おおむね敬語を使っている状態だ。

「ちょっとだけ、待っててくださいね」

幹人はいったん立ち上がると、祠の前でごそごそと手を動かし、すぐに戻ってきた。

「はい、今日はこれ」

と言って、苑子に草色の和菓子を差し出した。

「蓬餅《よもぎもち》？」

「先に掃除しなくちゃいけないのに、神主失格かな。ま、いっか。うちの神様は寛容なはずだから」

ははははっと幹人は笑う。

祠には常時、菓子が供えられていて、一日経《た》つと、神様のお下がりとして幹人が胃に収める。それをいつも、苑子にもおすそ分けしてくれるのだ。お返しに、苑子はお弁当のおかずをひとつふたつ幹人に食べてもらう。

――何なのそれ、完全にカレカノじゃないの
と、受付の先輩である派遣社員の倉永《くらなが》千晶《ちあき》は冷やかすが、やっぱりまだ、そうではない。そして今後、そうなるのかどうかもわからない。

苑子は幹人が好きだ。ちゃんと打ち明けてはいないが、苑子の気持ちは幹人も感じ取

っているだろう。もしかしたら、幹人のほうも――。

けれど、確かめ合うのもなかなか難しい。それは勇気だけの問題ではないからだ。勇気よりも必要なのは、きっと覚悟だろう。

幹人は七歳の息子を持つシングルファーザーだった。

「そういえば、聞きました？　幽霊の話」

午後一番の文化教室の受講者たちへの対応も終わった昼下がり。

受付ロビーは来客もまばらでひと時の静寂に包まれていた。ちょうどビル清掃員の有来《ゆき》が塵《ちり》ひとつ残さず磨き上げた直後で、見渡す限り清々《すがすが》しく気持ちのよい空気が広がっている。

持ち場の清掃を完璧に仕上げ、満足げに清掃カートを押しながら近づいてきた有来が顔の半分を隠していたマスクを顎の下にずらしたかと思うと、受付カウンター越しにそう囁《ささや》いた。

「幽霊？　何それ」

千晶が目を瞬《しばたた》かせた。

「出たんですって。昨日の日曜日。昼間だったそうなんですけど」

「ここに？」

訊《たず》ねた苑子に向かって有来が頷《うなず》く。

「防犯カメラに映ってたみたいです。薄暗い廊下に白い影がふたつ、すーっと動いていたのが」

二階の非常口、つまりは階段室の出入り口付近とそことは反対側に位置する非常口あたりだという。

「二階の防犯カメラはその二か所しかないわよね」

千晶が冷静に言った。だがその口調が明らかに面白がっているのを感じ、

「てことは、もしかしたら二階のフロア全体を彷徨《さまよ》っていたのかも――」

などと、苑子も顔だけは真面目《まじめ》なふりで茶化してみる。たちまち有来の表情が強張《こわば》った。

「ちょっと、ふたりともやめてくださいよ。わたし、これから二階を掃除するんですから」

ぶう、と口を尖《とが》らせる。二十歳《はたち》の女子大生だからどんな顔をしても愛らしい。

「有来ちゃん案外怖がりなのねえ。でも、このビルもけっこう古いから、そういう話があっても変じゃないかもよ」

「古いっていってもまだ築二十五年くらいじゃないですか？」

苑子は資料を思い出しながら言った。たしか、建築年は一九九一年だったはずだ。

「十年ひと昔っていうんだからふた昔は経ってるわけよ。その間に何かあっても、って話」

「何かって何ですか。まさか怨念系」

「それか、未練系」

「地縛霊《じばくれい》というやつですね」

悪乗りをしているうちに、本当に気味が悪くなってきた。

「このビルが建つ前は、ここは何だったのかしらねえ」

さほど興味もなさそうに千晶が言う。

「老朽化したビルがあったそうですよ。それを壊して建てたって聞いたことありますけど」

答えたのは有来だ。さすがに詳しい。

「ビルというか、前の所有者に無念の想いを持ってるっていうんなら、真っ先にうちの父親とか当てはまりますけど」

「――――」

さらりと言った有来を前に、苑子と千晶は閉口する。

このビルは八年前に近野氏が丸ごと買い取り、近野ビルとなったが、それまでは総合商社崎田商事《さきたしょうじ》の自社ビルだった。業績が悪化し、業務を縮小する過程でビルを売却した後は、今は近野ビルの七階にテナントとして入居している。

有来はその崎田商事前社長の孫娘だ。かつては崎田有来だったが、今は両親が離婚し、婿養子だった父親について崎田家を出たので山内《やまうち》有来になっていた。その父親は業務縮小の際に崎田商事を追われたと聞いている。

「なんて、嘘《うそ》ですよう。うちの父親、もう崎田に未練も恨みもなさそうですから。何より、幽霊になんてなりようがないです。ぴんぴんしてますもん。あ、生霊《いきりょう》ってこともあるか。ああ、でもやっぱりないです。故郷に戻って明るくなったし、のびのび楽しそうですし」

それより、と、有来は表情をあらためた。

「当時、大掛かりなリストラもあったから、そっちですかね。自殺した人とかいたのかなあ」

「で、でももう八年も前の話だし、幽霊になって出てくるっていうのも今さらって感じじゃ……」

苑子は少しだけ、及び腰になる。千晶に乗せられて平気な顔をしているが、本来、こういう話は苦手なのだ。

「だけどほら、こういうのって何がきっかけになるかわからないから。今になって何か出てくる理由があるのかも」

「きっかけ、理由」

一方、有来はいつのまにか、けろりとしてこの現象を分析している。さっきの怯《おび》えようは、どうやらパフォーマンスだったらしい。

「二階っていうのも、何かあるんでしょうか。崎田ビルだった頃、二階にあった部署――うーん。さすがにわかんないな。わたし、祖父がいた社長室しか行ったことなかったし」

「そうだ。倉永さんならわかるんじゃ」

「何でわたし？　わたしがここに勤務しだしたのは近野ビルになってからよ」

「あ、ええと、ご主人に訊《き》けば……」

途中まで言いかけて、苑子は口を噤《つぐ》んだ。千晶の美貌がわずかに歪《ゆが》んだからだ。千晶の夫である倉永氏は崎田商事に勤めている。今は千葉支社にいるが、もともとはここの本社に勤務していた。崎田商事の当時のことにも詳しいだろう。だが――夫の話は、いまだ千晶の前では禁句だったらしい。

「倉永さんの旦那さんですか？」

「ああ、それはいいの」

きょとんとする有来に向かって、ぱんっとわざとらしく手を叩《たた》く。

「さっ、この話は終わり！　勤務中の無駄口は厳禁！」

今さらですか。

有来と顔を見合わせ、突っ込みたいのを我慢した。有来はカートごとエレベーターホールへと消え、苑子はカウンターの引き出しから近野ビルのフロアマップが入ったファイルを取り出す。

(今、二階に入っているテナントは)

何も崎田商事にかかわる幽霊とは限らない。現在入居しているテナント絡みだとも考えられる。

(輸入雑貨を扱っている会社と服飾メーカーの二社)

これだけでは何もわからない。そもそも自分がそれらの幽霊をどうにかしようなんてことはまったく考えていないのだが。

苑子は二階のフロアマップを凝視する。

有来の話では幽霊らしきものが映っていたのは階段室の出入り口と非常口の防犯カメラ。人気《ひとけ》のないフロアにふたつの白い影が縦横無尽に浮遊している――そんな光景が脳裏に浮かんだ。それとも白い影はちゃんと人型をなしているのだろうか。白く、体は半透明だったりして、いきなり消えたりするのだろうか。あいにく本物の幽霊に遭遇したことがない苑子は、テレビの怪奇特集か、ホラー映画などで映像化された幽霊しか想像できない。

「……瀬戸さん、熱心ね。幽霊の話、信じてるの？」

千晶が呆《あき》れたように訊いてきた。

「頭から信じてるわけじゃないですけど」

「そうね。でも瀬戸さん、かなり真辺《まなべ》さんに感化されてるわね」

「ばれました？」

「幽霊といえども、防犯カメラに映ったれっきとした不審人物」

「セキュリティは呪いの言葉だそうですから」

須田メンテナンス総務部部長の真辺の口癖だ。不審者の解明には命を懸けている。セキュリティという言葉には弱い。だって管理会社だから。管理してなんぼだから、である。

「瀬戸さんは須田メンテナンスの社員だものね。その点、わたしは受付業務専門の派遣社員だもの。いちばん大事なのは笑顔。あ、いらっしゃいませ」

自動ドアが開いて、入ってきたビジネスマンが受付に近づいてくる。少し前まで多かった冬物の重い色のコートもここ数日で見なくなってきた。

内線でアポイントを確認し、エレベーターホールに案内してから戻ってきた千晶は、ふと思いついたように言った。

「本当に幽霊だったら、管理会社より賀上神社よね」

「え？」

「お祓《はら》い」

千晶は来訪者に向けたままの笑顔を苑子に見せつつ、どこか不穏なその言葉を突き付けた。


定時に業務を終えて地下一階のオフィスへ戻ると、真辺が難しい顔をしてデスクの上のモニターを見ていた。

「お疲れさまでした」

と、ひと声かけて女子更衣室へ向かうが、いつもならご苦労さんと返ってくる声が今日はない。

「部長、今日はずっとああなんです」

同僚で総務部庶務課の園田《そのだ》美冬《みふゆ》が制服のベストを脱ぎながら肩をすくめた。苑子よりは年下だが、入社四か月の苑子よりはもちろん先輩だ。

「どうかしたの？」

「あれ、受付まで話、行ってません？」

髪をほどく千晶に肩越しに訊き返す。

「子どもの幽霊の話」

「子ども？　幽霊の話なら聞いたけど、子どもとは知らなかったわ」

「らしいです」

子ども。オフィスビルには似つかわしくない。

だが子どもの幽霊と聞くと恨み辛《つら》みよりもなぜか悲しみや寂寥《せきりょう》感といったものが思い浮かぶ。これまで見聞きした怪談やホラー映画ではそうだった。自身にも小さな子どもがいるせいか、千晶の顔も曇った。

「幽霊というか、まあ、不審者ですよね」

社員の美冬も苑子が考えたことと同じことを口にした。千晶が一転、表情を変え、噴き出す。

「部長、警備員さんから報告を受けて、その映像を部長のパソコンに転送してもらったそうです。それからは時間が空いたら、ずっとその映像を見てるみたい」

「呪いにかかってるのね。……あ」

千晶は揶揄《やゆ》しつつ、バッグの中に視線を落とした。かすかに着信の音がしていた。スマホの画面を確認して、少し複雑そうな表情をしていたが、ため息交じりにタップしながら苑子と美冬に背を向け、スマホを耳に当てた。

「……はい。ええ。そう——はい。わかったわ。それじゃ」

ひどく素っ気ない対応だ。通話を切って振り返った千晶と目が合った。別に耳を澄ませていたわけではないのに、少しばつが悪くなる。なぜか千晶のほうも、そのような顔をしていた。

「夫よ」

不機嫌そうな顔をしながら、それも照れ隠しのような、感情の入り混じった口振りで、短く答える。苑子は特にリアクションをせず、ロッカーに向き直った。

千晶と夫の倉永氏は別居中と聞いている。

原因は倉永氏の浮気だ。

ちょうどそれが発覚したころに倉永氏は千葉支社へと転勤になった。だが彼に離婚する意思はまったくなく、転勤に伴う引っ越しも単なる単身赴任ととらえていたらしい。浮気相手とは別れたが、千晶の怒りは激しく、その後のことは苑子もよくわからない。有来同様、他の同僚がどれだけ事情を知っているかもわからないので、ここで訊くのはまずいだろう。

そうこうしているうちに千晶はてきぱきと着替え終え、メイクもきれいに直して、颯《さっ》爽《そう》と更衣室を出ていった。

「倉永さん、相変わらず、凜《りん》としててきれいね。とても幼稚園児の男の子のママには見えないわ。もしかして、今から旦那さんとデートとか」

「え？」

「実家が近いから、幼稚園の送り迎えはおばあちゃんがしてくれてるって言ってたし、倉永さんが遅くなる時はご飯も食べさせておいてくれるって」

そういう憶測が出てくるということは、やはり倉永氏の浮気や別居中といった話は美冬の耳に入っていないのだろう。

「でも保育園入れなかったから幼稚園にしたってことよね。送り迎えしてくれる家族がいるから幼稚園でもいいけど、そうじゃない人は職場復帰もできないよねー。うちはむりだな」

「え、園田さん。予定あるの？」

「予定というか。今の彼とはいつか結婚したいなって言ってるし、そうなったら普通に現実問題だもん。実家の両親、定年まであと十年はあるの。孫の面倒見るために、仕事やめてって母親に言えないでしょ。彼は地方出身だから、もちろんそっちの親には頼めないし」

「ふうん」

苑子は自分の場合を想定してみる。彼氏でも何でもないが、具体的な顔が浮かんでしまう。かわいい彼の息子の笑顔もそこにはある。息子の陽人《はると》はすでに小学生だ。何よりもしそうなったら、苑子もあの賀上神社の本宮で同居することになるだろう。だったらもし陽人に弟か妹ができても大丈夫だ。

（え、大丈夫って何）

想像がとてつもなく広がり、慌てる。そもそも結婚しても自分は働くつもりなのだろうか。いやいや、そうじゃなくて。

――彼の亡くなった奥さんはどうだったのだろう。

結婚を機に、会社を辞めたのだろうか。幹人と出会った頃、彼女は崎田商事の正社員として受付をしていたと聞いた。

一瞬のうちに目まぐるしく想像が頭の中をめぐり、そこに行きついたところで強制終了させた。彼の亡き妻に想いを馳《は》せると、いつも答えが出ない。

「瀬戸さんは？」

「え」

「結婚」

「だってまだここに再就職して四か月だし」

訊きたいのはそういうことではないのだろうが、苑子ははぐらかした。

それより、と話題を戻す。

「さっきの話。映ってた幽霊ってどんなの？」

「あ、瀬戸さんも興味ある？」

美冬はぱっと顔を輝かせた。だがすぐに不服そうに考え込む。

「それがよくわかんないのよね。部長ってば映像を独り占めして、見せてくれないんだもん」

「そうなの？」

ハンガーを戻してロッカーの扉を閉めた美冬は、バッグを抱きかかえながら休憩用のベンチに座り、

「そうなの」

と、不服そうに言った。

「白い影がふたつすーっと、って聞いたけど」

「え、それは知らない。そんなことは言ってなかったと思う」

「本当に幽霊なの？」

「部長と警備員さんが話してるのを聞いただけなんだけど」

——まるでお化けみたいですね
——子ども、ですかね
そう言いながら、真辺と警備員はパソコンのモニターを凝視していた。会話の端々から、二階の防犯カメラ二台に一回ずつ映っていた、というのはわかったという。

（ということは）

苑子は美冬を眺めた。

幽霊話を広めたのはこの美冬ということだ。噂《うわさ》のどこかで子どもというワードが消えたのだろう。薄暗い廊下に白い影がふたつ、すーっと動くのが映っていた——かどうかは、美冬も見ていないのだから噂が広まる過程でできた創作かもしれない。別のルートで広がった噂にはまた別の尾ひれがついていたりする。まるで伝言ゲームのようだ。苑子のもの言いたげな視線を感じ取ったのか、美冬は慌てて弁解した。

「聞いたというか、聞こえたんだもん。部長の席、わたしの斜め前だから」

「でも警備員さんや部長がそう言うんなら、本物の幽霊なのかも」

「でしょ？　で、わたし休憩中に二階に行ってきたの」

「えっ」

ぎょっとして苑子は身を引いた。

「見てきたの？　園田さん、度胸あるんだね」

「だって気になるじゃない。管理会社の社員としては。部長は何も教えてくれないし」

だが、普通にみんな働いていて、人の出入りもけっこうあり、様子を窺《うかが》ったところで何もわからなかったそうだ。

「輸入雑貨の会社と服飾メーカーだっけ」

「そう。ふたつとも入居して数年は経つし、業績がどうのって話も噂も聞かない。まあ、そういうの、幽霊には関係ないか。個人的な恨みとか。幽霊にどういう事情があるかなんてわからないよね。真夜中ならまだしも昼間に出てくるなんて」

「何かを訴えたいんなら、無人の時に出てきてもね」

「あ、じゃあ、ビルに憑《つ》いてる幽霊なんじゃない？」

「今までも幽霊騒ぎとかあったの？」

しゃべりながらだとついつい手が止まってしまう不器用な苑子はようやく着替えを終えた。ロッカーに背を預けながら美冬に訊ねる。

「わたしが知る限りはない。っていっても、わたしも入社してまだ丸二年だからなあ」

「倉永さんも聞いたことないって言ってたよ」

千晶はもう八年、このビルで受付嬢をしている。

「——何なんだろうね」

結局は何もわからず、美冬も最後はやはり、千晶と同じ結論に辿《たど》り着いた。

「これは賀上神社の神主さんの案件じゃない？」

2

だからといって、すぐに幹人に話を持ち掛けるのもどうだろう。

もし昼休憩に会えたら、ランチタイムの話題のひとつに、さらりと言ってみようか。だがひょっとしたら、すでに真辺から何か相談されているかもしれない。真辺と幹人は、苑子から見てけっこう気安い仲に思える。屋上の賀上神社も管理しているのは須田メンテナンスなので、何かと付き合いがあるのだろう。

いろいろ考えながら翌日も、参道である階段を踏みしめ屋上に向かったが、この日は昼休憩が終わっても幹人は現れなかった。

そういう日もある。

週の半分くらいはそうだ。週五日のうち、三日会えればその週はラッキーな週で、会えない週は運気がよくなかったのだと自分を納得させる。天気にだって左右される。きっと梅雨《つゆ》の時期なんて、ずっと会えない日が続くのだろう。それでも週の最後、金曜日に会えたら、うれしい気分で一週間を終えられたりもする。

こんなことで一喜一憂するなんて、中高生か。いや小学生か。だが幹人に会える会えないが原因で気持ちが浮き沈みしても、それが仕事に影響するほどダメな女子ではない、と、誰に向かってでもなく言い訳をしておこう。

「あら、今日は会えなかったのね」

だが顔を見ればわかるほどには左右されているらしい。

休憩から戻った苑子の顔を見るなり、千晶が言った。

昼休憩に屋上へ行っているとも、幹人とたまにランチをしているとも、苑子は今まで一度も自分の口から千晶に言ったことはない。なのに、いつのまにか見透かされている。

「ちゃんと約束すればいいじゃない。松葉さんの都合に合わせて休憩の時間を調節するのも、わたしは全然構わないんだけど。今日だって、瀬戸さんが先に休憩に行けば会えたかもよ」

「いいんです、そういうのは」

「じれったいんだけど、あなたたち」

苑子は答えない。別にじれじれした恋に浸っているわけではない。ただ、急激に進展させるのがまだ怖いだけだ。

「……崎田商事だった頃の二階って、繊維部門があったそうよ」

「へっ？　せんい？」

いきなり話題が変わった。

「だから、昨日、ここが崎田ビルだったとき、二階はどんな部署だったのかって話してたでしょ」

「ご主人に訊いてくれたんですか？」

そういえば昨日も電話で話していた。

「たまたま話す機会があっただけよ」

それは、電話の後で会ったということだろうか。別居はどうなったのだろう。解消されたのだろうか。

「瀬戸さん、聞いてる？」

「は、はい。聞いてます聞いてます。なるほど。繊維」

返事をしつつ、それ以上の言葉が出てこない。せっかく訊いてもらった話だがそれが幽霊にどう結びつくのかさっぱり謎である。それより、千晶と倉永氏が会話できる状態になったというのが喜ばしい。にやつく苑子を千晶は嫌そうに見返し、

「先月から、帰ってきてるのよ」

ぼそりと告げた。別居してからかれこれ半年。ようやく千晶は気持ちの整理がついたのか。

「許したんですか？」

どうかしらね、と千晶は前に向き直った。

「表面上は、かな。自分でもよくわからない。でも、彼が浮気したって事実は永遠に消えないし、わたしの心からも消えない。彼もわたしの機嫌をむりに窺うのをやめて、今はいい父親になろうと必死よ」

子どもを巻き込んで夫婦のいざこざを霧散させる。夫婦の愛憎を家族愛で丸め込む。よくある手だと千晶は鼻で笑う。

「子どものためなら、って良くも悪くも諦めさせるのよ。いまだに、あれは別居じゃなくて単身赴任だったたって言い張ってるし。よく言うわよね。そもそも浮気がなかったら単身赴任なんてさせないで、一緒についていったっていうのよ」

平日は朝早く都内のマンションを出て千葉支社まで通勤している。夜も遅い。その代わり、休日はこれでもかというほど家族サービスに徹する。土曜日は家族三人で公園やショッピングモールに出掛け、日曜日は息子が通っているスイミングスクールの送り迎えまでやってくれるのだという。

「スイミングの送り迎えなんてスクールバスの送迎があるから要らないのよね」

千晶も最初は心配で一緒に付き添っていたが、今では友達もでき、ひとりでスクールバスに乗るといって聞かないのだそうだ。

「一昨日《おととい》なんて、終わった後で同じスクールのお友達と遊ぶからパパは迎えに来なくていいよ、なんて言われてへこんでたわ。いい気味」

淀《よど》みなく毒づいている千晶だが、その横顔は言葉ほどには険はない。けれどそれを指摘するとたぶん千晶は全力で否定するだろうから黙っておく。

が、千晶は敏感に感じ取ったようだ。

「なに。何か言いたげね」

「い、いえ。……あっ、息子さん。スイミングを習ってるんですね。まだ四歳なのにかなり泳げるんですか？」

明らかに適当に話を変えたのも丸わかりだろうが、千晶も受け流し、「全然」と答えた。

「蓮《れん》はもともとあまり体が強くない子なの」

「蓮くんていうんですね」

「ええ。大きな疾患はないけど、よく風邪《かぜ》もひくし、体も小さくて。でも蓮が自分から習いたいって言い出して。わたしも体力をつけさせたかったから、今年の年明けから通わせてるの。やっと浮くようになったところ」

「そうなんですか」

「でも性格は活発なのよ。人見知りもしないし。ただしたいことに体力がついていかなくてすぐに疲れちゃうの。だから歯痒《はがゆ》そうで」

一緒に遊んでいる友達にも、いつのまにか置いてきぼりにされる。

「それはかわいそう」

「お友達が大好きなの」

「スイミングでもパパよりお友達なんですね」

「その子は蓮よりみっつお兄ちゃんのお友達でね――あ」

千晶は突然、言葉を止めた。少しだけ動揺したように、そしてそれを隠すように、もとからぴんと伸びていた背をさらに伸ばして、居住まいを正した。

「どうしたんですか？」

不自然すぎる。だが千晶はばっさりと話を切って終えた。

「何でもないわ。もうすぐお昼の文化教室の受講者受付の時間だと思って。あ、ほら。いらっしゃったわ」

計ったかのように、自動ドアが開き、それらしき来訪者が受付に向かってきた。それを皮切りに続々と人が訪れ、受付に列を成していく。千晶は何事もなかったかのように澄まし顔で応対している。

一体、何を言いかけて止《や》めたのだろう。


「へえ、幽霊。子どもの？」

幹人と会えたのは木曜日だ。意外なことに、この幽霊話を初めて聞いたらしい。

「部長から聞きませんでした？」

「部長って真辺さん？　いや、さっきも警備員室の前で会ったけど、そんなことは一言も」

美冬いわく、真辺はここ数日、オフィスのデスクには不在のことが多いらしい。警備員室に入り浸って、ずっとモニターをチェックしているのだそうだ。

——幽霊がまた現れるのをひたすら待ってるのよ
いつどこで現れるかもわからないのに。

「そうなんですね」

「それにしても、このビルに幽霊が出たなんて今まで聞いたことなかったけど」

「神主さんもですか」

苑子が知る人物で、このビルのいちばんの古参は幹人だ。

崎田ビルだった頃から屋上のこの賀上神社において神様に仕えている。その幹人が知らないというのだ。

噂の幽霊は一体どこから紛れ込んできたのだろう。

「気になりますね。かといって、僕自身、そういったモノを見たり、祓ったりする力はないんですけど」

「え、ないんですか」

「これまで遭遇したこともないので。あ、厄祓《やくばら》いの儀式はさせていただいたことありますよ。でも、神職は霊能者だとか陰陽師《おんみようじ》とかとは違いますから」

「陰陽師の恰好《かっこう》をしてても？」

「あれは、陰陽師の装束《しょうぞく》である以前に、神社本庁で定められた服制です」

「じんじゃほんちょう……」

意味も字もわからず、そのまま音を繰り返す。

「戦前は神祇院《じんぎいん》といって日本の国家機関だったこともありましたが、今では宗教法人です」

とにかく、幹人は幽霊を退治することはできないという。

「でも、厄祓いはできるんですよね？」

「お祈りはできます。神職者は神様と参拝者を繋ぐ存在なので。参拝される方の願いを神様に申し上げて、成就《じょうじゅ》を祈るのが僕たちの仕事です」

祈願者の厄を祓って福をもたらしてください、と神様に祈念するのがお役目だという。神職者が直接、除霊や幽霊退治をするわけではないのだ。

「じゃあ、神主さんでも解決できないんですね」

無意識にがっかりした声を出してしまったようだ。幹人は軽くため息をついて、苑子の手を取った。

「え？」

「はい。今日はこれ」

と、小さな包みを置いてくれる。まるで落ち込んでいる子どもにお菓子をやって元気を出してと言っているみたいだ。

「もう。子ども扱いしないでください」

「おいしいですよ」

包装を開くとかわいいピンク色のお菓子が出てきた。桜の花の形をしている。

「桜最中《もなか》です。中はうぐいす餡《あん》」

まさしく春の和菓子だ。

「……いただきます」

「苑子さん、まだ休憩時間ありますか？」

桜最中を口に入れた直後に問われて腕時計を見た。

あと、二十分ほど残っている。もごもごと、口を押さえながら頷くと、またもや幼子を見るような慈愛に満ちた笑顔になった。

「じゃあ、それを食べたら行ってみますか」

「どこにですか」

「例の、幽霊の出没現場に」

「……お祓い、できないんですよね？」

「見るだけです」

二階のフロアを、幹人は特にどこかに注意を向けるでもなく、視線を彷徨《さまよ》わせるわけでもなく、ぼんやりと歩いていた。見るだけと言っていたわりに、どこも見ていないように思える。

服飾メーカーの出入り口はガラス張りになっていた。ここは事務処理や企画をするためのオフィスで、縫製工場は海外に、物流倉庫も郊外にあるらしい。ガラスの向こうには見本だろうか、キャスター付きのハンガーに婦人服がずらりと並んでおり、傍らに段ボールが積んである。

その前を行き過ぎ、輸入雑貨会社までやってくる。こちらは服飾メーカーの半分の広さだ。オーナーが直接海外で買い付け、国内の雑貨店に卸しているとか。

どちらの会社にも、幹人は興味を示さない。

「何か感じますか」

冗談交じりに訊ねてみると、ふと幹人が真顔になって一点を注視し始めた。

「えっ」

「嘘です。何も感じません。そんな力、ないって言ったでしょう」

「脅《おど》かさないでください」

「苑子さんとお化け屋敷に行ったらからかい甲斐《がい》がありそうですね」

さらりと幹人はそんなことを言う。言った後で、すたすたと歩調を早めてしまったので顔を見ることができなかった。苑子も慌ててついていく。

（あのー、それはどういう）

意味ですかと幹人の背中に問いかける。

（もしかして遊園地に誘われてる？　じゃなくて、単なる軽口？）

ひとりで深読みしているだけだろうか。困惑している苑子を、数歩先で足を止めた幹人が振り返り、笑った。

「何だか新鮮ですね。苑子さんとこうして並んで歩くの。いつも屋上で座って食事してるだけだから」

「は、はい？」

「と言っても、ビルの中だから、新鮮っていうのもおかしいか。でも散歩している気分になる」

などと、ひとり納得している。次は何を言い出すのだ。と思っていたら、

「さてと。苑子さん、そろそろ時間じゃないですか」

いきなり散歩を切り上げた。

苑子は気持ちが追いつかないまま時間を確認する。

「あっ、ほんとだ」

ふたりして階段室に戻り、須田メンテナンスのある地下一階まで下りると、

「じゃあ、僕はこれで」

幹人はあっさりと手を上げ、もう一階分下りていった。


「瀬戸さん瀬戸さん。昨日、また出たみたいよ」

翌週月曜日の昼休憩。

ロッカーの中に置いてあるお弁当を取りに更衣室に入ると、あとから追いかけるようにして美冬がやってきた。

開口一番、興奮気味にそう告げる。

「部長がね。――また、出たのか」

どうやら苑子が休憩に戻ってくるのを待っていたようだ。苑子と千晶の昼休憩は交代制だから、事務員の美冬よりは少し時間が早い。つまりは、美冬はまだ就業時間中なのに席を抜け出してきたというわけだろう。

「って、腕組みしながらパソコン見て言ってたもん」

どうやら今度は七階らしい。

「ね、瀬戸さん。ふたりで部長に言って、わたしたちにも見せてもらわない？」

「ええー。見せてくれるかな」

苑子は気弱に呟《つぶや》いた。

以前、文化教室で盗難騒ぎがあったときは、真辺のほうから警備室のモニターを見せてくれた。

人の顔を正確に覚えることができる、という苑子の特技が買われたのだ。

その時には何の役にも立たず、それどころか、苑子は不審者らしき人物を故意に見逃そうとした。それがかつての同僚だったからだ。

だからだろうか、以来、何かそれらしきことを頼まれることはない。真辺の苑子に対する態度は何も変わっていないが、あれが原因で信用を失《な》くしてしまったとしても仕方がないことだった。

「一度、頼んでみようよ」

ずるずると美冬に引きずられるように更衣室を出る。ふたりして真辺のデスクに行こうとしたが、途中で足を止めた。明らかに須田メンテナンスの従業員ではない人物と談笑している。社外のお客様ならお茶を出さないと——と焦った様子をみせた美冬だったが、すぐにその必要はないとわかったようだ。

苑子は見た瞬間にわかった。その黒いジャンパーは先週木曜日にも見た。

「あ、苑子さん」

気づいたのは苑子が先だったが、声を掛けてきたのは彼のほうだった。

「神主さん」

幹人が須田メンテナンスのオフィスに来るのは珍しい。どうかしたのだろうか。ふと美冬の視線に気づいた。幹人が苑子のことを名前で呼んだせいか、驚きと好奇に満ちた目をしている。苑子はもちろん気づかないふりをした。

「あ！　もしかして部長、とうとう松葉さんにお祓いをお願いするんですか？」

美冬が意気込んで訊ねる。

「お祓い？　何の話だい」

真辺は飄々《ひょうひょう》と答えた。驚いても何かのっぴきならない状況に出くわしても、彼はいつもにこにこと構えている。だから本当に何の話かわからないのか、すっとぼけているのか判断できない。だが幽霊の話が出ている以上、これはすっとぼけるつもりだと見ていいだろう。

「だめですよ、部長。神主さんは除霊とかできないんですから」

お祓いを依頼しても無駄なのだと、苑子は、先日幹人本人から聞いたばかりの話を熱弁しかけた。

止めたのは、その幹人だ。

「苑子さん、違うって。僕が今日来たのは別件。お祓いの依頼なんていただいてないから」

「え、そうなんですか」

「うん。またうちでの結婚式の申し込みがあってね。その報告と打ち合わせ。……でも例の幽霊の話、まだ長引いてるんですか？」

「松葉さんもその話、知ってるんですか」

「僕は苑子さんに聞いて」

美冬の瞳が再び、色めく。苑子は戸惑う。これでは苑子と幹人はそれなりに交流があるのだと思われてしまう。思われてもいいのだが、どちらかと言えば苑子は周りには隠しておきたい。そこに、恋心が絡んでいるからだ。幹人はいいのだろうか。堂々と名前で呼んで、親密さを知られても。隠す必要がないのは隠す想いがないからかもしれない。ただの友人なら、隠す必要はない。

とめどなく思い悩む苑子の前で、真辺はまたも恵比須顔《えびすがお》のまま言った。

「あのさ。幽霊って何？」

一度ならず二度もとぼけるとは。苑子と美冬はどちらからともなく目配せすると、デスクにつく真辺の後ろに回った。

「先週の日曜日と昨日の日曜日、このビルに幽霊が出たんですよね？」

「子どもの幽霊です」

「二階と七階に」

「ふたつの白い影が防犯カメラに映ってたって」

「部長もパソコンでチェックしてたじゃないですか」

何で隠すんですか、と背後左右から交互に詰め寄る。

真辺はしばしぽかんとしていたが、ふと合点が行ったように、「ああ、あのことか」と言った。

「でも」

と、回転いすを回し、苑子と美冬を見上げる。

「映ってないよ、幽霊なんて」

へっ、と美冬が間抜けな声を上げた。

「でも部長と警備員さんが言ってたの、聞きました。まるでお化けみたいだ、とか子どもかな、とか」

「ああ……言ったかな。言ったかもしれない。うん。でも幽霊が出たとは言ってないと思うよ。お化けみたい、ってことは、お化けじゃあ、ない」

「子どもかなっていうのは」

「うん。それはね、たぶん子どもだろうなって思ったから」

実際に見たほうが早いだろうと、真辺はパソコンを操作して、その動画を再生させた。幹人も加わり、三人で真辺の背後から首を伸ばしてモニターを見た。

映し出されたのは薄暗いフロアだ。

「これは先週の日曜日」

基本的に近野ビルは土日が休日で一階の正面玄関は閉鎖しているが、地下二階の駐車場と各階の階段室からフロアに出る非常口の扉は開錠されている。土日出勤のテナントや、一階の旅行会社、八階のクリニックフロア、そして賀上神社への参拝客など人の出入りはあるからだ。だがフロアが点灯されているのは旅行会社の付近と八階フロアだけで、その他の階はすべて消灯されている。

それが映っていたという二階の映像も、照明は落とされ、また、休日に出勤しているテナントの従業員も皆無なのか、人の気配がまったくしないのが、モニターからも感じられた。防犯カメラは二階の非常口の扉のほうを映していた。

「もうすぐだよ」

モニターの上部に表示された時刻は午後二時二十八分。

「あっ」

苑子と美冬が同時に声を上げた。苑子の真後ろに立っていた幹人からも、はっと息を呑《の》む声が聞こえる。

少し遠くて不鮮明だが、非常口の扉が開き、白い物体がふたつ、フロアに飛び出してきた。

それらはすぐに死角へと入り、画面から姿を消す。次に現れたのはもう一つの防犯カメラらしく、白いものがふたつ、一瞬さっと通り過ぎるのが遠目に映っていた。

「こっちは昨日の」

同じく暗いフロアに、先週の映像よりは少しはっきりと、今度は白い物体が七階の非常口から出てくるところ。そしてもう一か所。

「これがエレベーター内の映像」

エレベーターにももちろん防犯カメラは付いている。白い物体たちはカメラの位置を知っていて意識しているのか、どうにか映らずに済むようにと端に固まっている。だが乗る時と降りる時はどうしても映ってしまう。エレベーター内は点灯しているのでフロアの映像よりはかなり鮮明だ。

乗り降りもできるだけ映らないように素早く出入りしているが、幽霊ではないことは明白だった。

「ね、幽霊じゃない。幽霊はいちいち、扉を開閉しなくてもすり抜けられたりするだろうし、上下に移動するにもエレベーターは使わないだろう？　でもお化けみたいと言えば、そう見える」

「……はあ」

苑子は答えたものの、いまいちぴんと来ない。

「苑子さんの世代は知らないかもしれません。昔、そういう漫画のキャラクターがいたんですよ」

幹人が言った。

「と言っても、僕もリアルタイムでは知りませんけど」

懐かしのアニメ特集などのテレビで見たそうだ。

そうか、と真辺も頷く。

ふたつの物体は、頭からすっぽり全身、白い布を被《かぶ》っているのだった。

「どちらかといえば、海外のゴーストっぽいですね」

美冬がひらめいたように手を叩いた。

なるほど、昔の漫画のキャラクターはわからないが、それなら苑子も想像できる。つまりは真辺と警備員の会話を美冬が誤解した、だけのことだったらしい。

映っていたのは幽霊ではなく、正真正銘の不審者だった。

ゴーストたちは被った白い布をはためかせ、フロアを徘徊《はいかい》していたのだ。

「でね、相対的に小さいんだよね。たぶん、身長は一メートルちょっとかな。映ってるのはそれより小さい。しゃがんでるんだな」

「大人が屈《かが》んでるんじゃないんですか」

「ここ。見てみて」

真辺は、動画を戻し、七階に止まったエレベーターのドアが開き、ゴーストたちが乗り込んでくる瞬間の映像を停止させた。それから、ゆっくり再生させる。

「あ」

ふたつ連なって入ってくる、後ろにいたゴーストの白い布の下から足がちらりと見えていた。青いスニーカー。明らかに大人ではなく、子どもの足だった。

「ちなみに小さなお化けもどきたちが昨日、エレベーターを使ったのは七階から地下二階まで。地下二階からどこへどう消えたのかはわからない。警備員室にいた警備員は見ていないそうだ」

もちろん、モニターに映った不審者を見つけた警備員は即座に、現場に直行した。だが当然、不審者は去った後だ。

真辺もそれらが徘徊していた二階、七階のテナントの会社にもそれとなく訊ねてみたが、盗難や金庫荒らし、侵入者の痕跡など、異変らしきことは何もなかったという。

「子どもの、不審者ってことですね」

「大人でも子どもでも不審者には違いないけどね」

放っておくわけにはいかない、と真辺の笑みの中に確固たる使命感が見え隠れする。

「それにしたって、部長。何で今まで見せてくれなかったんですか。隠すみたいにしてたから、よっぽど気味が悪いものが映ってるのかなって」

「年度末だから」

「え」

「事務担当の園田君は今、いちばん忙しい時期でしょう。他にやることがいっぱいあると思ってね」

不満そうに訴える美冬を、真辺は笑みを浮かべながら一言で黙らせる。

「あーえっと。もう十二時だ。お昼いただいてきまーす」

と、そそくさとオフィスを出ていく。真辺は苑子を見上げた。

「もし布を被ってなかったら、瀬戸さんに見てもらったんだけど」

「え？」

「このとおり、不審者たちは顔を隠してるからね。もし見たことのある子どもだったとしても、瀬戸さんに確認してもらうのはできないよね」

「はあ……」

ということは、真辺はまだ苑子の特技を生かそうとしてくれているのだ。一度、管理会社の社員にあるまじきことをしたのに。苑子はひそかに感動しながら真辺を見つめ返した。

「ん？　どうかした？」

「いえ。わたしも……休憩行ってきます」

「じゃあ、僕も。真辺さん、結婚式の件、よろしくお願いします」

「こちらこそ、よろしく」

苑子に次いで、幹人もその場を後にする。

真辺は再びパソコンに向かっていた。

オフィスを出て幹人が階段室の扉を開け、そのまま苑子は屋上に向かって上がろうとしたが、彼は反対側に体を向けた。

「今日はここで」

いつもの穏やかな微笑を残して行ってしまう。

「はい、また」

苑子はそう返したが、その『また』がいつになるのかわからないのもいつものことだ。それに加え、幹人は笑顔でいてもどこか上の空のように見えた。違うことに意識が移っている。何か大事な用事を思い出したのだろうか。

(気掛かりなことがあったとか)

一気に足が重くなる。屋上に行く気がなくなる。あたりまえだが、幹人はいない。ひとりでお昼を食べるのなら、屋上でも更衣室のベンチでも一緒だ。防犯カメラのゴーストのせいで時間を使ってしまった。休憩時間の残りも少ない。

それなのに苑子は上に向かって足を進めていた。

意思よりも体が勝手に動いていた。

沈んだ心とは裏腹にやけに天気はいい。今日は天気予報でも快晴で、降水確率はゼロパーセントだった。風もなく、お弁当日和《びより》だ。

まずは日課となった賀上神社参り。赤い鳥居を潜ってお賽銭を入れて、二礼二拍手一礼。

(ゴースト、もとい、不審者の問題が解決しますように)

そう祈願して、いつもの指定席に座る。日が当たってぽかぽかと気持ちがいい。ひとりだし時間もないので、箸が進むのも早い。味わう暇もなく、最後はお茶で流し込むようにして食事を終える。

ひと息つくと、考えてしまうのは幹人のこと。そしてあの子どもらしき不審者のことだ。彼へのほのかな想いと、管理会社社員としての不審者への懸念。まるで関係のないふたつのことが同時に頭に浮かんでないまぜになる。どちらも今の苑子の中で同じくらい思考を占める出来事なのだろう。

(でも。ほんとに関係ないのかな)

そんなことまで考えてしまう。例えば、幹人の様子がどこかおかしく思えたのも、あのゴーストの動画を見た後だ。もちろん、まったく関係ない用事があっただけだとも考えられるし、おそらくはそうなのだろうが。

でももし、幹人があの動画を見て思うことがあるとするなら。

空になったお弁当箱を片づけ、屋上を出る。

幹人は映っていたものの中で、何が引っかかったのだろう。

(考えられるのは——と。あぶなっ)

考え事をしながら階段を下りていると、足を踏み外しそうになった。慌てて手すりにしがみつく。その様子を、参拝に来たらしい見知らぬ初老の女性に見られ、目が合った。女性も、手すりを頼りに階段を上がってきていた。

苑子はさっ、と道と手すりを譲る。

「すみませんねえ」

「いえいえ。どうぞお気をつけて」

「ありがとう」

こんなふうに、階段室には平日でも長い階段参道を使って屋上の賀上神社詣でに行く人が後を絶たない。出会うと、挨拶も交わす。誰とも知らぬ、ただすれ違った人々の願いも神様に聞き届けられますようにと、自然にそんなことを考えている。

これがオフィスビルの中だというのだから、まったく不可思議な空間だ。苑子はあらためて思った。

休憩時間の終わりが迫っていたので急いで駆け下り、更衣室に荷物を置いて受付カウンターに戻る。

（セーフ）

交代で千晶が休憩に行ってしまってからも、苑子はぐるぐると思考を巡らせていた。

幹人はもしや、あの子どもの足を見て、何かを思ったのではないだろうか。

行きついた答えがそれだ。

子どもの足。ひょっとしたら、見覚えがある――。

足から何かわかるだろうか。それともスニーカーのほうだろうか。あの青いスニーカー。あれがもしも。

（陽人くんのものだったとしたら）

幹人があの動画の中で引っかかるとしたら、不審者が子どもだった、ということくらいしか思いつかない。幹人はあのゴーストの片割れが自分の息子かもしれない、とそう思い当たったのではないだろうか。

苑子は二度、陽人に会ったことがある。

一度目は彼がこの受付カウンターまで、賀上神社の婚礼用パンフレットを取りに来たとき。二度目は、賀上神社の本宮に苑子が幹人を訪ねていったときだ。

だが、その時の陽人のスニーカーまでは覚えていない。

パンフレットを持って帰っていく陽人。

苑子を亡くなった母親と見間違い、駆け寄ってきた陽人。

記憶を辿って思い出そうとしてみるが、だめだ。幹人にどことなく似た陽人の顔しか浮かんでこない。

たとえその時に青いスニーカーだったとして、今も同じ靴を履いているとも限らない。毎日履き続けていれば傷んでくるだろうし、足が成長して靴のサイズが合わなくなれば買い替えるだろう。

苑子は知らず、背中が丸まっていたことに気づいて背筋を伸ばした。千晶がいたら一喝されるところだ。

ちらほらとロビーにいる人々の視線も意識しておかなければならない。受付はビルの顔。千晶の座右の銘である。どこから誰が見ているかもしれないのだから。受付を映す防犯カメラがなくてよかったと心から思う。思うそばから、

(え、ないよね？)

と、焦って上のほうを確認する。ないと思っていたが、実はあったらどうしよう。

きょろきょろと見渡すが、見つけられない。だがないとなれば、不安にもなってくる。

受付はビルの顔であるだけに、危険な不審者が侵入したら標的にもなるんじゃないだ

ろうか。金目のものはおいていないが、ナイフを突きつけられて、無理難題を言いつけられたりとか。強引にエレベーターホールを突っ切っていく人を止めて、逆に襲われたりとか。

（あとで倉永さんに確認しておこう。……あれ、でも）

ふと、真辺のパソコンで見た動画を思い返した。

あのゴーストたちが各フロアで何をしていたかはわからないが、映っていたのはどれも短時間で、ちらっと見切れていたり、全身が映っていても一瞬だったりした。エレベーターのカメラにははっきりと映っていたが、それは出入りする以上、仕方がない。ゴーストたちはどこに防犯カメラがあって、どこで映ってしまうか、どうすれば映らないか、わかっていて動いていたということではないだろうか。

再び、陽人の顔が過《よぎ》る。

（でもまさか、七歳の子だし）

幹人について陽人もこのビルに出入りしていたとしたら。今は小学生だから無理だが、例えば保育園や幼稚園に入る前、幹人の毎日のお勤めにくっついて、陽人も来ていたとしたらどうだろう。防犯カメラの位置や映り方を知っているのではないか。それとも、考えすぎだろうか。

もうひとつ、苑子には思い当たることがあった。

あの白い布だ。

あの形状のものをどこかで見たことがある。あれは白い一枚布を頭から被っているようには見えなかった。それにしては布に無駄がなく、裾もきれいに長さが均一だった。まるで元から被るように作られたような。

（被るように……？）

3

その日の終業時間後、苑子は居ても立っても居られず、賀上神社の本宮を訪れた。

「あっ。卵焼きのおねえさん」

偶然にも、苑子を出迎えてくれたのは陽人だった。実際は出迎えてくれたわけではなく、ひとり神社の境内で遊んでいただけだ。

日はまだ完全には暮れておらず、薄闇の中で縄跳びをしていた陽人は跳ぶのをやめ、苑子に向かって手を振った。

「じゃなくて、苑子おねえさん。こんばんは」

「こ、こんばんは」

陽人が苑子のことを卵焼きのおねえさんと呼ぶのは、以前、息子に食べさせてやりたい、と幹人に頼まれて大量の卵焼きを作って差し入れしたからだ。その呼び方はどうかと思ったが、苑子おねえさんと言われるのもなかなか戸惑う。

幹人は家でも苑子のことを名前で呼んでいるのだろう。それ以前に、自分のことが家で、もしくは陽人との会話の中で登場しているとしたら、それも驚きだった。

「縄跳び、上手だね」

「そうかな。まだ前回りしかできないよ」

言って、陽人は再び跳び始めた。

「でもいいんだ。これは体力づくりだから」

「体力づくり？」

「うん。もうすぐ進級テストがあるから」

薄暮に紛れて、縄跳びの色は黄色か白か見分けがつかない。けれど、スニーカーの色ははっきりわかる。赤いスニーカーだ。

「スニーカー」

「え？」

「かっこいいね」

「そう？　でもこれ、もうキツキツなんだ。去年の運動会の前に買ってもらったの。ぼくの足、また大きくなったみたい。新しいのは、二年生になったらまた買ってくれるって、パパが」

跳びながら、息を上げながら、陽人は答える。

（わたし、何をやってるんだろう――）

突然、自己嫌悪に陥ってきた。

勝手に陽人を疑い、スニーカーの色を確かめにわざわざこんなところまできてしまうなんて。

「あ、そうだ。パパ」

陽人が足を止め、縄を下ろした。

「え？」

「苑子おねえさん、パパに会いにきたんだよね。待ってて。呼んでくる」

「あっ、陽人くん！　いいの、もう帰るから」

だが陽人は苑子の声を聞かず、社務所のほうへ走っていった。

どうしよう。幹人は気を悪くするだろう。苑子が息子の陽人を不審者扱いしていたと知ったら。

「苑子さん。どうしたんです？」

幹人が社務所から出てきた。一気に日が暮れて、その姿は半分以上影になっていたが、声音が驚いている。

「ええと、あの――ごめんなさい」

「え？」

「わたし、勘違いして」

外灯もない境内で、幹人の表情はよく見えない。苑子の顔も見えないだろう。

何を謝っているのかも幹人はわからないだろうが、苑子はうまくごまかすこともできなかった。

「少し、外を歩きましょう」

「へっ」

「陽人！　パパはちょっと出掛けてくるから。じいじたちと先に晩ご飯食べてて」

社務所の引き戸を少し開けた向こうから、陽人がこちらの様子を窺っていたようだ。

「わかったー！　いってらっしゃーい」

陽人が手を振りながら応える。

「い、いいんですか」

「いいんです。行きましょう」

長い足で境内を横切り、鳥居を出ていく。神社を出た途端、あたりが明るくなった。

住宅街の道には暗闇が存在しない。明るい街灯が幹人の横顔を浮き上がらせる。

「あ、上着」

部屋着のまま出てきてしまったのだろう。薄手のタートルネックセーターだけでは少し肌寒そうだ。

「今日は暖かいから大丈夫」

「陽人くん……とてもいい子ですよね」

びっくりするくらい、聞き分けもいい。本心だが、あえて口に出すとまるで言い訳しているみたいだと自分がいやになる。

「家ではやんちゃですけど。……苑子さん、スニーカーが気になったんでしょう」

「――――」

完全に見透かされていて、言葉を失う。

「やっぱり」

「ごめんなさい。陽人くんを疑って。でも、弁解させてもらえるなら、わたしが最初に気になったのは、神主さんの様子です」

「僕の？」

「あの動画を見てから、何か変だったから。神主さんがそんなふうになるのは、何か理由があって、子どもが絡んでるんなら、陽人くんかなって思ったんです」

「へえ」

「何ですか」

「僕のことを気にしてくれてたんだと思って」

何と答えてよいか、わからない。歩いているうちに住宅街を抜け、通りに出た。初めての風景だ。会社や駅とは反対側にある通りだろう。

「ここに入りましょう」

小さなコーヒーショップがあった。穴場なのか、この時間なのにわりと空《す》いている。窓際のふたり掛けのテーブルに座り、それぞれコーヒーとカフェオレを注文すると、苑子は急に落ち着かなくなった。

向かい側に幹人が座っているからだ。

屋上で横に並んで座るのが習慣になっている。見慣れているのも横から見る幹人だった。あとは、祠を掃除している幹人。こんなふうに、真正面から見るのは新鮮を通り越して緊張してしまう。

ドリンクが運ばれてきた。店内に流れているのはゆったりとしたジャズだ、たぶん。音楽には詳しくないけれど。カフェオレをひと口流し込むと、ようやく気持ちも静まってきた。

「青いスニーカーは、陽人くんじゃなかったんですね」

「まあ、そう思っても仕方がないです。僕の様子から連想したんでしょう?」

苑子はカップを口に当てながら、こくりと頷く。

「でも、僕は陽人じゃないってわかってたけど、陽人が関係してるかもしれない、とは思った」

「え？」

「この前の日曜日、うちの玄関で見たんです。青いスニーカー。陽人のよりは少し小さかった」

「それって……」

「うん。もし、防犯カメラに映っていた青いスニーカーがうちの玄関にあったものなら、その子はうちに遊びに来てたんでしょうね。だとしたら、ふたりのゴーストのうち、ひとりは陽人の可能性が高い。まだ……陽人本人には確かめてはいないんだけど」

でも、間違いないだろうと幹人は言う。

「青いスニーカーを履いてる子なんていくらでもいます。スニーカーの問題だけじゃなくて、むしろ……」

と、そこで言葉を止めたあと、幹人はなぜか苦しそうに表情を歪め、吐息交じりにつぶやいた。

「あの白い布を見て」

ふっと瞼《まぶた》を閉じ、ゆっくりまた開くと、そのまま窓の外を眺める。白い布。ゴーストたちが被っていた。あの布なら苑子ももしやと思っていた。

「あの白い布って――もしかして子どもたちが着替えの時に使うタオルですか」

驚いたように幹人が苑子に視線を戻した。

「どうしてそれを」

「何となく、見たことがある形だなって」

賀上神社の本宮を訪ねる前、苑子はもう一度真辺に頼んで動画を見せてもらっていた。やはり一枚布ではなかった。よく目を凝らすと、頭上のあたりに小さな穴が開いているように見えた。本当に小さな、爪ほどの大きさで、ぱっと見ただけでは黒い点ほどにしか思えない。だがそれは小さな穴から覗《のぞ》くゴーストの髪の毛ではないか。

「子どもがプールの時に使うラップタオル。わたしも水泳の授業の着替えで使ってました」

大きなバスタオルを筒状にし、片方の輪のほうにゴムが通してある。市販のものもあるが、手作りする親もいるだろう。苑子は幼稚園だったか小学校低学年のときか、母親にねだって好きなキャラクターのものを買ってもらった記憶がある。

ゴムのところから頭だけを出し、体はすっぽりタオルで覆われる。濡《ぬ》れた体を拭くのにも便利だし、体を隠したまま着替えもできる。

小さな子どもだと、足が生えたてるてる坊主にも見えるだろう。

おそらく防犯カメラに映ったゴーストたちは、それを被っていた。首を出さずに、隠したまま。

「陽人は顔を映されたくなかったんでしょうね。でも、できれば足も隠したかった」

だから身を屈めて全身をタオルに隠したまま移動していた。そのタオルも、裏返しにして被っているのだろう。表にはたぶん、様々な柄や模様、それこそキャラクターの絵がプリントされているかもしれない。柄やキャラクターによっては、顔を隠していてもゴーストが男の子か女の子かもわかるだろう。もちろん、タオルが当人の持ち物であった場合だが。

「陽人くんは、防犯カメラの場所や映らない場所をよく知ってたんですか？」

「どうでしょう。今よりもっと小さな頃は、僕のお勤めについて近野ビルに来ることもありましたけど——でも僕らのルートはいつも階段室の参道でしたから」

つまり、各フロアに出ることはなかった。

「陽人くん、どうしてそんなことをしたんでしょうか」

「それは、本人に訊くしかない。友達も巻き込んでるようだし。遊び半分でやってるなら、きちんと説教してやめさせないと」

幹人は再び外を見遣《みや》った。暗い窓ガラスに、思いつめた表情が映る。

「神主さん、ひとつ確認なんですけど」

「何ですか？」

「陽人くんはスイミングスクールに通ってますか？」

幹人は少し考えたあと、「はい」と答えた。テーブルにコーヒーが置かれていることを思い出したかのように、カップを手に取る。

「近くの……と言ってもスクールバスで送迎してもらってますけど」

隣町のスイミングスクールだという。プール用のタオルという季節はずれのアイテムが出てくるわけだ。タンスやクローゼットの奥から引っ張り出してきたというより、日常的に使っているからこそ思いついたアイデアなのだろう。

「もうすぐ進級テストなんだって言ってました」

「ああ……。そうか、じゃあ、あの青いスニーカーの子も、スイミングスクールの友達なのかな」

幹人は苦笑した。

「子どもの交友関係を把握していないなんて親失格ですね。まだ小学一年生なのに」

「そんなこと――」

「できるだけ会話はしているつもりだったんですが」

陽人より年下の、スイミングスクールの友達。陽人の交友関係なんてまるで知る由もない苑子だが、頭の中にはすでに、ひとりの候補が浮かび上がっている。

「そのお友達、ちょっと心当たりがあるんです」

「苑子さんに心当たり？」

「はい。なので、明日にでも確認してみます。きっと、何か事情があるんです。遊び半分でやってるんじゃないと思います。だから陽人くんを叱るのは待ってもらっていいですか」

幹人は不思議そうに苑子を見つめ、力なく微笑《ほほえ》んで同意した。

「わかりました。苑子さんがそう言うなら」

「ありがとうございます」

「何だか、妙な感じですね。苑子さんがそこまで陽人のことを考えてくれていると」

幹人の顔が困っているようにも見え、途端に苑子は恥ずかしくなった。

「す……すみません。わたし、出過ぎたことを言ってますよね」

「管理会社の人として、不審者の動向が気になるのは当たり前のことですよ」

かと思えば、涼しい顔でそんなことを言ったりする。

「わたしは別に――」

管理会社社員の使命として、この案件を調べているわけではないのだけれど。

幹人の言葉の意図はいつもよくわからない。今はただ、苑子のことは関係なく、父親としての自分を問うているようにも見える。片肘に頰杖《ほおづえ》をつく様は心ここにあらずで、視点も定まらない。

（でも神主さんは白い布……プールタオルを見ただけで、陽人くんじゃないかって気づ

いたんだもの）

すごいことだ。それは父親だからではないか。

と同時に、少し疑問にも思う。あの動画では、どう見ても白い布、あるいは白いプールタオルにしか見えなかった。なぜ幹人は陽人だと気づけたのだろう。たとえ青いスニーカーに見覚えがあったとしても。

「あの、神主さん」

「ん？」

「もうひとつ訊いてもいいですか」

幹人は頬杖をついたまま、視線だけを苑子に流した。目でどうぞ、と先を促す。

「神主さんはどうしてあのタオルを見ただけで陽人くんかもしれないってわかったんですか？」

すると、苑子に向けられた双眸《そうぼう》が目に見えて揺れた。そして、静かに伏せられた。

「陽人は三歳くらいからスイミングスクールに行ってるんです」

「そんなに前から」

「あのタオルもその時から使ってるからもうよれよれで、でも新しいのがほしいとは、陽人は言わない。だからずっと使ってます。その頃に流行《はや》ってた戦隊モノのキャラクターのタオルで、今は別のが流行ってるのに。洗濯しすぎて、肝心のプリントも薄れてきてるし」

　それでも陽人はそのタオルを使い続けている。

「裏に、友達と間違わないように、名前を刺繍《ししゅう》してあるんです。人気のキャラクターで、ほかの子も同じ柄のを持ってるからって。今はもう、みんな別のキャラクターのタオルを持ってるんでしょうけど」

　聞きながら、訊くのではなかった、と苑子は後悔していた。

　幹人の声音が少し、震えている。苑子は心のどこかでもう気づいていた。胸がぎゅっと締めつけられていた。

「亡くなった妻が刺繍したんです。赤い糸で、〝はると〟って。それが映っていた」

　エレベーターの防犯カメラに。後ろにいた青いスニーカーのゴーストではなく、前にいたゴーストの被ったタオルの裾に赤い名前があるのを、幹人は見つけてしまった。もちろんはっきり映っていたわけではない。幹人だから気づけたのだ。

4

「え、受付の倉永さんの息子さん？」

「はい」

　苑子は極めて平静を装い、幹人に報告した。昨夜はあの後、お互いのドリンクがなくなった時点でコーヒーショップを出た。夜だから、と幹人が駅まで送ってくれる間も、さしたる会話はなく、並んで歩いていても頭の中は別のことを考えているのが明白なくらいの沈黙だった。

苑子は何だか、目に見えないものにひどく打ちのめされていて、家に帰ると夕飯も食べずにベッドになだれ込んでしまった。

こんな些細なことで傷ついてしまうのなら、シングルファーザーとどうこうなるなんて到底、無理な話だ。しかも死別だなんて、嫌いになって別れたわけじゃないのだから。大事な人が大事なままに逝ってしまったのだから。

それでもこの件をうやむやにしたくはなく、苑子は幹人と約束したとおり、心当たりを確認した。

あの青いスニーカーの子ども。それは千晶の息子ではないかと。

単に、千晶の息子もスイミングスクールに行っているという話を聞いただけだ。けれど、陽人より小さい、幼稚園の年少組で四歳。何より、先週の日曜日にスクールの友達と遊ぶと言っていた。その相手は陽人ではないのか。

みっつお兄ちゃんのお友達――年齢も完全に符合する。

苑子は受付カウンターで業務につきながら、さりげなく千晶を窺った。朝の女子更衣室では人目があって訊けず、業務開始後もなぜか今日に限って来客が多い。午前の文化教室の受付を終え、それらの波が去ったところで、ようやく訊くことができたのだ。

——倉永さん、とても変な質問してもいいですか?

——あらなあに?

——倉永さんの息子さん……蓮くんって、青いスニーカーを履いてますか?

変な質問、と前もって聞いていても、千晶は妙な顔をした。

——履いてるけど、それがどうかしたの?

——もうひとつ、日曜日に蓮くんと一緒に遊んでた三歳年上のお友達って、神主さん
……松葉さんのところの陽人くんですか?

——どうしてそれを
千晶は、例の幽霊騒ぎにそれほど関心を持っていない。それが幽霊ではなく、白い布を被った子どもの不審者だとも知らない。

だからどこから話してよいか悩んだが、苑子は順を追って千晶に事の経緯を説明した。

当然のことながら寝耳に水の千晶は驚き、動揺し、何かの間違いじゃないのかと疑念の目を苑子に向けた。

しまった。完全に話をするタイミングを間違ってしまったと後悔した苑子だったが、千晶も受付のプロなので、人目をはばからず狼狽《ろうばい》を見せることはなかった。鼻息荒く深呼吸を繰り返し、少し落ち着きを取り戻した後に、声音を落として言った。

――たしかに、この前の日曜日もあの子、スクールの後に陽人くんと遊ぶ約束をしてたわ
前の日曜日も、その前の日曜日も、帰りは陽人の祖父、つまり幹人の父であり賀上神社本宮の神主が車で倉永家まで送ってくれたそうだ。

「父が？　そんなこと一言も……」

「神主さんのお父さんも、ふたりが近野ビルに行ってたことは知らなかったかもしれませんけど」

ちなみに先日、千晶が息子とその友達について話していた際、急に会話をやめたのは、苑子を気遣ったからだという。

――だって瀬戸さん、松葉さんとつきあう寸前でしょう？

――え？　い、いえ、そんなことまだ、何も、全然……

しどろもどろになる苑子に、千晶は嘆息しながら言った。

会社からは近いが、家からは少し距離があるというそのスイミングスクールに、千晶が蓮を通わせようと思ったのには理由があった。とてもいいスクールだと、亡き陽人の母親が言っていたからなのだそうだ。

――特に、個人的に親しくしていたわけじゃないのよ。話したことも一度か二度くらいしかなかったし。わたしが産休に入る手前に、偶然会ったの。スイミングスクールの

て送迎バスに乗ろうとしてた陽人くんに。……お母さんも、バス乗り場まで送りに来ていた

最初に千晶に声を掛けたのは陽人だった。たまに幹人と一緒に近野ビルに来ていたので千晶とも面識があった。

だが、千晶と入れ違いにビルの受付をやめた母親とはその時が初対面だった。軽く挨拶をして立ち話をして、その中で、通わせているスイミングスクールの話になった。派遣社員の上、受付という業務もあり、通常の会社員よりは早めに産休に入る予定の千晶だったが、それでも妊婦とわかる程度の体つきにはなっていた。陽人の母親は、千晶のお腹《なか》を見て『楽しみですね』と微笑み、自然と会話が続いたのだ。

——蓮が水泳を習いたいと言い出した時、その時のことを思い出したのよ

千晶の記憶の中でも、陽人とその母親の姿は鮮明に残っている。陽人の話をすると、彼女の顔も浮かんでくる。だから苑子と話しているときにも面影が過《よぎ》ってしまった。それだけのことだが、何となく、苑子に気兼ねをしてしまったのだという。

——すみません。気を遣わせてしまって。わたしは全然大丈夫です

そう答えた苑子だった。前日のこともあったからだろうか、そこまでショックは受けなかった。

「苑子さん？　どうかしました？」

「い、いえ」

もちろん、これは幹人に報告することでもない。

「それで、近野ビルの防犯カメラに映っていたのが陽人くんだとすれば、もうひとりは倉永さんのお子さんで間違いないのでは、と思います」

苑子は断定を避けるように言った。まだ、あのゴースト二人組が陽人と蓮だと決まったわけではない。何しろ、顔はまったく映っていないのだから。

「そうですか……何でまた」

だが幹人の中では疑いの余地はないのだろう。彼の目だけに映った亡き妻の刺繡は動かしがたい真実なのだ。

——どうして蓮はそんなことをしたのかしら
千晶も困惑していた。

当たり前だが、問題はそこである。

「陽人くんと、倉永さんの息子さん——そうでしたか」

とりあえず、陽人や蓮に話を聞く前に、真辺に報告すると幹人は言い張り、千晶にも許可をもらってから、苑子と幹人は休憩終わりに真辺のところに向かった。あとで千晶も謝罪にくると言っていた。

オフィスのデスクで手製らしい弁当を食べていた真辺は、ちょうどその弁当箱の蓋を閉めるところだった。

「部長、あまり驚かないんですね」

話を聞いた真辺は細い目をやや見開いたものの、さほどの反応は見せなかった。

「もしかして予想していたんですか」

「いや。この前、映像を見た松葉さんの様子がどうも、ね」

幹人がきまり悪そうな顔をした。

「参ったな。顔に出さないようにしてたつもりなんですけど」

「そうですね。出さないようにしているのがわかったというか」

さすがだ。さすがである、真辺部長。苑子は心から尊敬のまなざしを向けた。

「侮れませんね。苑子さんにも見破られたし」

「瀬戸さんにも？」

「わ、わたしなんて、そんな」

苑子が変だと思ったのはオフィスを出てからの様子だ。それも、彼を想う恋心ゆえの洞察である。あまり、胸は張れない。

「それで、陽人くんには確認したんですか？」

「まだです」

すると、真辺はしばし考え込んだ後、すい、と苑子を見上げた。

「瀬戸さん」

「はい」

「きみが話を聞いてあげて」

「は？」

「だから、陽人くん。できれば倉永さんの息子さんにも」

ええと。言われている意味がわからない。

「わ、わたしがですか」

「うん。うちの社員でしょ、きみは。管理会社の社員。一応、その子たちはうちのビルに侵入した不審者だから。ちゃんと聞き取り調査をすること。いいですよね、松葉さん」

今度は幹人に問う。心なしか、恵比須顔の目に圧力を感じる。

「――はい」

幹人は真摯《しんし》な顔をして顎を引いた。

ていた幹人が境内で待っていてくれた。

「よかったんでしょうか。わたしが介入して」

会社終わりに、二日連続で苑子は賀上神社の本宮を訪れた。苑子が来るとわかっていた幹人が境内で待っていてくれた。

「真辺さんが言うんだから、これがベストなんですよ。僕もそう思います。僕や倉永さん——親が直接問いただすと、こじれる場合もありますから」

「はあ」

だが、うまく話を聞き出せるか自信はない。

「どうぞ」

「お邪魔します」

社務所の中に招き入れられ、靴を脱ぐ。土間続きの左手に、今はもう閉められているが、お札やお守りなどの授与所があった。その後ろが事務スペースのようだ。框《かまち》を上がると、二十畳はありそうな畳敷きの広間があり、年代物と思《おぼ》しき掛け軸や屏風《びょうぶ》が置いてある。

「こっちです」

「あ、はい」

何枚も連なっている襖《ふすま》のひとつを開け、長い板張りの廊下に出る。

「あっちは拝殿《はいでん》に繋がってるんです」

幹人はそう言って右を差し、足は左に向けた。

「あの、こちらは」

「母屋《おもや》です」

ということは、生活空間だ。苑子の中に別の緊張が生まれる。

廊下の先にある部屋から明るい電気の光が漏れていた。歩いているうちに、耳馴染《みみなじ》みのある生活音がかすかに聞こえてくる。人の話し声やテレビの音だ。

幹人についてその部屋に入ると、意外と庶民的な風景が広がっていた。十畳ほどのダイニングキッチンで、テーブルで夕刊を読んでいるのは、苑子も以前、境内で会ったことがある本宮の神主だ。幹人の父親である。

「やあ、いらっしゃい」

「こ、こんばんは。お邪魔します」

「いらっしゃい」

と、台所のほうからも声を掛けられた。五十代ほどの女性がにこやかに微笑んでいる。

「ど、どうも――あ」

女性を見て、思わず声を上げた。

「苑子さん、どうかした？」

「いえ、あの。昨日、お会いしましたよね。近野ビルの階段で」

手すりを譲り、挨拶をし合った女性だった。

「え、ええ……」

女性は笑顔をぎこちなくさせ、手に持っていた料理皿をテーブルに置く。どうやら苑子が覚えているとは思わなかったようだ。それはそれで、この反応は何なのだろう。そしてこの女性は、この状況からすると間違いなく。

「母さん、近野ビルに行ったの？」

幹人が訊ねる。

（そうよね。神主さんのお母さんよね。ほかにありえないもん）

途端に変な汗が出てくる。

幹人の母親の様子を見れば、彼女も苑子を覚えていた。それどころか、まるで苑子のことを前から知っていたようだ。

「何しに？」

「何しにって、そりゃあ、お参りに行ってきたのよ」

怪訝《けげん》そうな息子を、母親はさらりとかわす。

「あ、あの、神主さん、陽人くんは」

苑子は来訪の用件に戻した。ここは深く詮索しないほうがいいのではないか。神主さん、と呼んだ苑子に、幹人だけではなく幹人の父親も返事をしかけたが、それは聞かなかったことにしよう。ちょっとややこしい。

「母さん、陽人は部屋？」

「さっきまでここで宿題をしてたけど、終わって上がってったわね。陽人に用なの？」

「少し話があるんだ」

話――？　と幹人の両親は顔を見合わせた。

「苑子さん、こっち」

「あ、はい」

母屋は二階建てになっているらしく、ダイニングキッチンの奥の階段から上に上がった。いくつか部屋があるうちの、手前のドアが陽人の部屋だった。

「陽人、入るよ」

こんこんとノックしてからドアを開ける。中は子どもらしい部屋だった。学習机とベッド。蓋の開いたランドセルやら図鑑やらが床に放置されているが、片づけられているほうだろう。

「あれ、苑子おねえさん」

床に寝そべって漫画を読んでいた陽人が起き上がった。

「苑子さんが陽人に話があるんだって」

「ぼくに？」

「うん。ちょっとお話ししてくれるかな」

「……いいけど」

陽人は座り直し、少しだけ不安そうな顔で父親を見た。

「じゃあ、僕は下にいるから」

幹人は息子の視線を受け流し、ドアを閉めていってしまう。階段を下りる足音が遠ざかっていった。

「苑子おねえさん、話って何？」

「うん。あのね」

苑子は陽人の正面に腰を下ろし、率直に訊ねた。

「ええとね。この前の日曜日と、その前の日曜日。陽人くんと蓮くんは近野ビルに行った？」

あまりに単刀直入すぎたのか、陽人は驚きよりも呆気《あっけ》に取られたように苑子を見返していた。

「何でわかったの？」

白《しら》を切ることもなく、素直に認める。そこにはいたずらが見つかってしまった焦りや、叱られるかもしれないというような恐れもない。ただ、困ったなあというような顔をしていた。

陽人にしてみれば、いたずらでも、叱られる案件でもないということだ。

「ね。何でそんなことしたの？」

「そんなこと？　でも、悪いことじゃないよね。みんなしてるもん」

陽人の返事を聞いて、今度は苑子が戸惑った。

（みんな？）

ほかにもゴーストもどきがいるということだろうか。

「プールタオル被って、ビルの中をうろうろしてる人、ほかにもいるの？」

すると陽人は目をぱちぱちしながら、

「何だ、そっちかあ」

と、小さな肩を上下させた。

「やっぱり、監視カメラに映ってたの？」

「映ってた。でも監視カメラじゃないから。防犯カメラだから」

「どう違うの？」

「どうって……」

「監視カメラのほうがなんかかっこいいのに」

「その話はまた別の時ね」

うまく説明できる気がしない。それに、陽人はこの期《ご》に及んで話を変えてはぐらかそうとしているようにも思える。

「それで？　何をしてたの？」

「…………」

「ん？」

「神社に行こうとしてた。階段で」

辛抱強く苑子が返事を待っていると、陽人も諦めたのか、ぼそっとそう答えた。

「屋上の賀上神社？　蓮くんと一緒に？」

「そう。蓮が、叶《かな》えたい願いがあるっていうから」

陽人と蓮は、スイミングスクールの同じ日曜日、午後一時から二時にレッスンを受けていた。陽人はもう五年近く通っているし、蓮はまだ数か月だ。習っている階級は全然違うが、更衣室は一緒だし、蓮が通い始めた頃は母親の千晶がついてきていた。千晶のことは知っていたから、何かと陽人のほうから声を掛け、世話を焼くようになった。

――陽《はる》ちゃんは屋上の神社に行ったことある？

ある日、そう蓮に訊かれた。どうしても叶えたい願い事があるのだと。

――蓮のママがお仕事してるビルの屋上の神社に階段を上っていって、お願いしたら叶うんだって
もちろん、陽人も知っている。父親が神主を務める賀上神社だ。

蓮は、その賀上神社にお参りに行きたいという。

——お参りすること、誰にも知られたくない。パパにもママにも言わずに行きたい
問題はそう蓮が言い出したことだ。

——誰にも？　ぼくには言っていいの？

——うん。陽ちゃんはいい。陽ちゃん、連れてって
——え？

——だって、蓮、ひとりじゃ行けない……

仕方なく、陽人は蓮のために、スイミングスクールが終わった後に蓮と遊びたいと頼み込んだ。そして、自分が蓮を賀上神社まで連れていくことにした。

「そうだったんだね」

そこまではいい。何も悪くないし、納得もできる。

「でも、どうしてプールのタオルを被ってフロアに出てきたの？」

「蓮が途中でトイレに行きたいっていうから」

「え」

「最初の日曜日は、そう。二階くらいまで上がったとき、いきなりそんなことを言い出したから」

そんな理由？　と訊き返してしまいそうになり、言葉を呑み込む。彼らにとっては止

むに止まれぬことだったのだろう。何しろ、顔を見られたくない。参拝していることを、知られたくない。休日のビルの中に子どもがいるのがもしカメラに映っていたら、叱られるかもしれない。そこで、思いついた。プールバッグの中に、隠れるにはぴったりのタオルが入っている——。

「いいアイデアだと思ったんだ。映っても、ぼくたちってバレないって」

「次の日曜日は？　それもトイレ？」

「それはまた違ってて」

「そうなの？」

「うん。蓮、ちっちゃいから。幼稚園のクラスでもいちばん前なんだって。だから、下から上まで、いっきに上るのはできなくて」

そういえば千晶も言っていた。もともと病弱で小柄で四歳児の平均的な体力もないとか。そんな蓮が、最初から地下二階から屋上まで、十二階分の階段を上がることは難しい。実際、難しかったのだろう。

「いちばん下から屋上まで、二百八十八段あるんだよ」

「数えたの？」

「うん、前に数えた」

初日は地下二階から三階までしか上がれなかった。スイミングスクールで水に浸《つ》かった後というのもあり、すぐに疲れてしまう。次の日曜日も、途中で休み休み、七階までが限界だった。蓮は自宅のマンションでも、両親に隠れて、階段の上り下りの練習をしているという。次の日曜日は絶対、屋上まで行くのだと頑張っているらしい。

ちなみに初日の帰りは三階からまた階段で下りていったが、二回目は七階の時点で疲れ果て、階段を下りることができず、エレベーターを使った。そこが防犯カメラにばっちり映っていたというわけだ。

「ねえ、どうしてぼくらだってわかったの？」

「え」

「顔も体も隠してたのに。もしかして見えてたの？　カメラに映っちゃってた？」

「……映らないように気をつけてたの？」

「エレベーターにはカメラがあるって知ってたから、あんまり映らないように隅っこに寄ってた。ほかのは、よくわかんないから、なるべく映らないように走ったんだけど、蓮に合わせて走ったから、あまり速くなかったかもしれない」

フロアの防犯カメラに掠《かす》った程度しか映っていなかったのはただの幸運だったようだ。

「ねえ、何でわかったの？」

「神主さん——陽人くんのお父さんがね、わかったんだって」

「パパが？　何で？」

陽人の目がまん丸になる。

「それは……お父さんだからだと、思うよ」


「参ったなあ。そういう理由だったなんて」

翌日、千晶は真相を聞いて、何とも言えない表情をした。いつもきりりと美しく弧を描いている眉が八の字になっている。蓮のお願い事に心当たりがあるのだそうだ。

「きっと、わたしたち夫婦のことよ」

「倉永さんの？」

「仲直りをしてほしいって思ってるんだわ」

「仲直りはしたんじゃ」

「うーん」

いわば、まだ家庭内別居のようだという。蓮の前では普通を装っており、会話もしているつもりだが、子どもは敏感である。両親はまだ喧嘩《けんか》中だと感じているのだろう、と。

「もう一度、真辺さんに謝罪に行かなきゃね」

もちろん、真辺にも朝一番で報告している。そりゃあ、大変だったね、と苦笑した。横にいた美冬はあっけない真相に脱力しつつ、だが想像したら何だかかわいらしいわね、と言っていた。小さなふたりがプールタオルを被り、フロアをダッシュしているところを想像したら、たしかにかわいらしい。だが親としてはそれでは済まされない。

幹人も今日の昼にまた頭を下げにくるそうだ。

昨夜、陽人と話を終えて、部屋の外に出たとき、そこに幹人がいた。

——話は終わりましたか？　陽人、晩ご飯だぞ
そんなふうに、たった今、やってきたふりをしていたがその実、苑子と陽人をふたりきりにさせた後、階下に行ったと見せかけて、ずっと部屋の外で話を聞いていたらしい。途中、こそこそ内緒話もしたので、それは聞こえていないだろうけれど。

——苑子さんも一緒にどうですか？

——え？

——晩ご飯
それは丁重にお断りさせてもらって、苑子は帰途についた。ドアの向こうで苑子と陽人の会話を聞きながら、幹人は何を思っていただろう。

苑子は陽人に訊いてみたくて、でも訊けなかったことがある。蓮に付き添って賀上神社まで辿り着いたら、陽人も何か願い事をしただろうか。これまでも幾度もお参りはしてきただろうが、今、陽人が願うことは何だろう。そんなことを思って、でも訊けなかった。

ともあれ、蓮にも苑子から事情を聞くように真辺に言われていたが、陽人の話だけで十分理解できたので、必要がなくなった。

その日の昼休憩、千晶が真辺の元に謝りにいくと、そこに幹人もいた。そこで少し話をした後、幹人はある提案を千晶にしたそうだ。

――今度の日曜日、蓮くんと一緒に階段参道を上がって賀上神社にお参りするというのはどうですか。ご夫婦で

倉永家家族三人で参拝する。蓮のこれまでの騒動には触れず、何も知らないふりをして、親のほうから誘ってみるのだ。

蓮だけではなく、夫婦もそれぞれの願い事をするために賀上詣でをする。

その意図を、千晶はよくわからないまま、夫に話した。倉永氏も不可解な様子だったが同意した。

「でもね、階段参道を上ってみて、松葉さんのお勧めの意味が何となくわかったわ」

月曜日、通常よりは幾分、柔らかい笑みで千晶は言った。

「三人でね、蓮に合わせてゆっくり階段を上ってると、なぜか自分の心も穏やかになっ

てきてね」

何度も途中で休憩しながら、大人の足なら十分もかからない参道を、三十分近くかけてのんびりと上っているうちに、自分の心とも向き合うことができた。それは、倉永氏も同様だったらしい。

最後は手と足を使って這《は》い上がるように屋上まで到達した蓮はとてもうれしそうだったという。

「みんなでお参りしたの。主人が何をお願いしたのかは知らないけど。でも、蓮のお願いは叶えてやらなきゃね」

蓮の願い事は神様じゃなくても叶えられる。どうやら倉永家は何とか丸く収まったようだ。

だから、苑子は秘密にしておかなければならない。蓮のお願い事は、実は陽人からこっそり聞いていた。

――これは、ないしょのないしょだからね
部屋にふたりきりなのに、それでも陽人は声を潜めて、苑子に耳打ちした。

次のスイミングスクールの進級テストで合格すること。どうしても同じクラスになりたい女の子がいるのだそうだ。同じクラスなら同じレーンでレッスンを受けることができる。千晶が知ったら卒倒しそうだ。

――苑子おねえさんだから言ったんだからね。蓮のためにもないしょだから

――うん、わかった。絶対言わない

(倉永家の安泰のために)

巡る想い

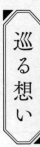

1

屋上の扉を開けると、赤い鳥居を潜《くぐ》ろうとしている女性の姿がぱっと目に入った。参拝客だろう。薄いブルーのスーツが、朱色に近い鳥居の柱ときれいなコントラストを成している。

そろそろ梅雨《つゆ》の気配を感じつつ、すでに初夏というよりは本格的な夏のような気温と空の色だ。女性のスーツの色はその空の色とよく似ていた。

丁寧に参拝する女性の横顔を見て、苑子はおや、と思った。

(あの女の人、どこかで見たことがある)

女性は感慨深そうに祠《ほこら》の周りを観察し、鳥居を出てスマートホンを構える。写メを撮る参拝者の姿は珍しくなかった。

角度や撮る位置を変えながら数回シャッターを押すと、女性はもう一度、祠に向かって一礼してから、踵《きびす》を返した。

ぼんやりとその光景を眺めていた苑子の横を通り過ぎ、屋上を去っていく。すれ違う瞬間、苑子は彼女をどこで見たか思い出した。

「苑子さん」

女性と入れ違いに幹人が現れる。

「どうかしたんですか？」

「いえ――」

苑子は目を細めながら答えた。

眩《まぶ》しいのは初夏の日差しか、それとも彼の笑顔か。何にせよ、会えたのだから今日はラッキーデーのようだ。

今度は幹人がまじまじと苑子を見つめる。

「……何ですか？」

「いえ。受付の制服も衣替えしたんですね」

「は、はい」

声が上擦る。

そういえば、六月に入って夏仕様の制服になってから幹人に会うのははじめてだ。変わったと言っても、ベージュのジャケットの生地が薄くなっただけでデザインは同じである。よく見なければわからないだろうに、わかってしまうのはきっと、彼の亡き妻も昔、同じ制服を着ていたからだろうか。

「梅雨を通り越してもう夏みたいですね」

「そうですね」

「先に掃除をしてくるので、木陰で待っていてください」

言われたとおり、設備機器の建物の陰に座る。

我ながら、よく調教された犬のようだなと思う。

今でも会えるのはよくて週二。だから会えればうれしい。彼の言葉の端々に亡くなった奥さんの影をちらちら感じてしまおうと、会えるだけで胸が高鳴るのだから仕方がない。先月などはゴールデンウイークという長期休暇があった。その間は会えずじまい。もちろん、休みだから一緒に出掛けようというお誘いもなかった。自分から言い出すことも、できなかった。

(暑い)

木陰でも風が微々たるもので、一度汗が出ると止まらない。真夏の昼休みをここで過ごすのはとんでもない自殺行為かもしれない。その前に、梅雨の時期だ。九州や西日本は昨日梅雨入りした。東京も数日のうちだろう。雨が降れば、屋上ランチはなくなってしまう。

(わたしは、どうしたいんだろうなあ)

このままでいいのか。もう少し、先に進みたいのか。

ブレーキをかけてしまうのは、やっぱり覚悟が足りないせいなのか。ブレーキをかけているのは苑子だけなのだろうか。

――うれしいなんて、思ってはいけないのに

去年の年末、彼から亡き妻の話を聞き、さらには妻の面影を苑子に重ねていたと聞いたとき、苑子は正直に気分を害したと告げた。そのことに対して、彼はうれしかったと言った。苑子の気持ちに気づき、うれしいと言ったのだ。その後で、うれしいなんて思ってはいけないのに、と続けた。なぜかと訊《たず》ねた苑子に返事はなかった。

彼は彼で、前へ進むことをためらっている。まだ亡き妻への想《おも》いがあるのだろうし、それは永遠に消えないだろう。忘れ形見である陽人の存在もある。

「お待たせしました。はい。今日はこれ」

幹人は銀色の小さなクーラーバッグを持参していた。中を開けると、カップがふたつ入っている。

「そろそろ時期的にここにお供えしたものはあまりよくないかもしれないので、本宮でのお下がりを持ってきました」

よく冷えたカップ入りの水羊羹《みずようかん》だった。代わりに幹人は苑子のお弁当の中から豚肉とピーマンの炒《いた》め物をピックアップする。満足げに食べている彼を見ていると、苑子も幸せになる。

そして想いを先送りしてしまう。

(まあ……このままでもいっか)

その女性はロビーのラウンジのソファに座り、ずっとフロアの様子を窺《うかが》っていた。年は三十前後。オフィスビルのロビーにいても何の違和感もない、初夏に涼しげな薄いブルーのスーツを着ている。だがどことなく落ち着きがない。

苑子はすぐにわかった。

(昼間、屋上でお参りしてた人だ)

時間は午後五時十五分。

ビルに入っているテナント会社の終業時間は様々だが、早いところの従業員たちがロビーを横切り帰っていく。ちょうど五時に文化教室の講座が終わった受講者もわらわらと交じり、かなりの人々が一斉にビルの出口へと流れていた。

ブルーのスーツの女性は、三十分ほど前からそこにいた。いつでもすぐに立ち上がれるように、だろうか。膝の上のバッグの持ち手を握りしめ、ソファに浅く腰を掛けている。横には遠目にも何か土産物《みやげもの》だとわかる紙袋が置かれていた。ときおり、陸上の短距離選手がスタートを切るときのように身を乗り出す。視線はロビーを行き交う女性ばかりを追っていた。どうやら誰かを探しているようだ。

「誰かを、探してるみたいねえ」

苑子と同じく、千晶もその女性を見ていたらしい。目当ての人物を見つけたのか、女性は身を乗り出したと思ったら、そのあと、失望の表情と共に、再びソファに腰を沈める。

「なかなか見つからないようですね」

「見つけたと思っても人違いって感じね」

「人違いって、どういうことでしょう。知り合いじゃないのかな。あの人、昨日はビルのすぐ外にいましたよね」

「え？」

気づいていなかったのか、千晶は苑子の言葉に驚いたようだ。苑子は昼に屋上ですれ違った時に気づいた。

「昨日って、いつ」

「ええと、たしかお昼くらい？」

「へえ、よく覚えてるわね、あまり特徴のない顔立ちの人なのに——ああ、顔を覚えるのは得意だったっけ、瀬戸さんは」

「その時も、ちょっと変だったんですよ、それにちょうどお昼休憩の時間帯だったんです。倉永さんはいなくてわたしひとりだったから」

その時の女性はオフらしい服装だった。終始ビルに出入りする人々をずっと確認していた。明らかに不審人物だったが、誰かと待ち合わせをしているだけだと言われれば、そのようにも思えた。

「それから、今日のお昼は、屋上にいました」

「屋上?」

「お参りしてて」

その女性が、今度はビルの中で奇妙な行動をしている。

「あ」

苑子と千晶の声が重なった。彼女が立ち上がったのだ。足早に行き交う人々の中に近づいていき、とある女性に声をかけた。

「あの、すみません——」

「はい?」

「ミユキさん……ですか」

話しかけられた女性は当惑したように、そして少し身を引きながら「え、違います」と答えた。

「あっ……ごめんなさい。間違えました」

そのやり取りはちょうど苑子たちのいる受付カウンターの前で行われていた。ブルーのスーツの女性は途端に消沈し、またソファへと戻っていく。

「別人でしたね、残念」

「そうね。あの人は五階のRN企画の樋口《ひぐち》さんだもの」

「樋口ミユキさんじゃなくて？」

「樋口理央《りお》さん」

苑子は人の顔を覚えるのが得意だが、ビルに入っているテナント会社のほとんどの従業員の顔とフルネームが頭に入っている千晶のほうがすごいと思う。

「あの人はミユキさんを探してるんですね」

「そのようね」

「倉永さん、ミユキさんという名前に覚えはないんですか？」

「いくらわたしでも、ビルにいるすべての人の名前は覚えてないわよ。瀬戸さんみたいに、一度見たら覚えられるわけでもないし。……でも、そうね。ミユキさん、何人かはいるかしら。でも、不用意にビル内部の人の情報は漏らせないでしょう。あの女性の事情もわからないし」

ごもっともな意見だ。

だが女性はソファに居座ったまま、帰る様子は見せない。

「いつまでいるつもりかしらね」

受付業務は基本的に五時半までだが、定時で上がれることはない。ましてや、その怪しげな女性を置いて業務を終えることはできなかった。

「わたし、ちょっと話を聞いてきます」

顔を知らない、初対面の人と待ち合わせしているだけならいい。相手が時間どおりに現れなくて落ち着かないだけかもしれない。どこまでなら干渉してもいいのか線引きの判断は難しいけれど、何か困っていて手助けできるのなら声をかけるべきだろう。

「あの」

「は、はい」

「何かお困りでしょうか」

「えっ」

女性は動揺を隠しきれない様子で、バッグを抱きしめた。そのまましばらく固まっていたが、苑子が受付担当だと理解したのか、徐《おもむろ》にふう、と息をついた。

「人を探しているんです」

予想どおりの答えが返ってきた。

「ミユキさん、という方ですか」

「え」

「すみません。先ほどのお話が聞こえてしまいまして」

「はあ……実は、そうなんです」

「昨日もビルの外で探しておられましたよね。今日は屋上の神社にいらっしゃって」

「――――」

女性は怯《おび》えたように苑子を見上げた。

（しまった）

脅《おど》かしてしまっただろうか。自分の知らないところで顔を覚えられているというのは、殊のほか怖いことらしい。

「よろしければお話をお伺いしますが」

苑子は努めて笑顔で、そう提案した。

女性の名は森谷清香《もりたにさやか》といった。

「――三年くらい、もう四年近くなるかな。それくらい前の話なんです」

そう言って、清香はぽつりぽつりと話し始めた。

旅先で、ミユキという女性に出会った。

当時、二十代半ばに見えたから、今は三十歳手前ほどの年齢だろうか。清香も今年二十九歳だ。同年代でお互い一人旅。乗り合わせたバスの中で意気投合した。ミユキはミユキとだけ名乗り、名字は言わなかったので清香も訊《き》かなかった。

「お守りをもらったんです」

清香はバッグの中を探り、ハンカチを取り出した。包まれていたのは少し年月を経たと思《おぼ》しきお守りだった。

「あ」

朱色の地に金色の文様。どこにでもあるようなお守りだが、苑子の目を引いたのはその真ん中に縫い記されていた神社の名前だ。

「賀上神社《かがみじんじゃ》……」

「はい」

その頃、清香は恋も仕事もうまく行かず、いろんなことにことごとく躓《つまず》き、悩める日々を送っていた。

「自分に自信もなくて何をどうしたら前向きになれるのかもわからなくて。はまっていたのがパワースポット巡りだったんです」

「パワースポット巡り？」

「はい。その名のとおり、各地の——と言ってもわたしの場合は近場ばかりだったんですけど、パワースポットを休みのたびに巡って、その時はパワーをもらえた気がして満足するんです。でも結局何も変わらず、また別のスポットに、っていう堂々巡りだったんですけど」

話を聞いたミユキが、『これも、とてもご利益があるのよ』と言って、自分が持っていたお守りをくれたのだそうだ。

「その神社はビルの屋上にあって、特に縁結びにご利益があるんだってミユキさん、言ってました。地下二階の駐車場から階段で屋上まで上がるっていうのも聞きました」

ミユキ自身もその神社で願掛けをして叶《かな》ったのだという。

「しかも、その神社で結婚式を挙げると必ず幸せになれるんだって」

清香は目を輝かせながら話す。

そんなお守りを自分がもらってもいいのか、最初は迷ったが、

――わたしが持っていたものだから新品じゃなくて申し訳ないんだけれど。もし願いが成就《じょうじゅ》したら、またそのお守りを神社に返しに来ればいいわ
そう言われて、受け取った。

残念ながらそのとき躓いた恋はもとに戻ることはなく失《な》くしてしまったが、仕事は新しい目標を得ることができ、やりがいも持てた。そうすると次の恋愛のチャンスも巡ってきて、このたび結婚をすることになった。

「それは、おめでとうございます」

「ありがとうございます。……ずっと、ミユキさんにもらったこのお守りに励まされてきたんです」

その時は、連絡先の交換もせずに別れてしまった。神社の話からミユキは東京在住なのだろうということはわかった。清香は北陸、富山に住んでいる。土産物らしき紙袋には店名の上に富山銘菓と書かれてある。

「でもできればもう一度会ってお礼が言いたくて」

結婚が決まったのを機に、思い切って昨日、このためだけに上京してきたのだという。

「ミユキさん、その屋上に神社があるビルで働いてたって話もしてたから」

清香はそのビルの名前も、東京のどこにあるかも聞いていなかった。だが一階に旅行会社があり、ミユキはその一人旅も、その旅行会社で申し込んだと言っていた。

「でもインターネットで賀上神社って検索したらすぐに近野ビルだとわかりました。屋上の神社のことも」

しかもちゃんと一階に旅行会社もある。

場所が判明し、こうして訪ねてきた。昨日は昼休憩の時間を狙って、ビルに出入りする人々の中からミユキを探そうとした。外に昼食を取りに出てくるかもしれないと思ったのだが、無駄だった。それで今日は帰りの時間に合わせてやってきたそうだ。

「オフィスビルの中でも浮かないようにスーツまで買っちゃいましたけど、やっぱり怪しかったですか、わたし」

「え？　いえ……まあ」

「ですよね。すみません。それに、三、四年前に働いていたからって、今も働いているとは限らないですよね。もしかしたらミユキさんも結婚したり子どもができたりして退職してるかもしれないし。とりあえず、ミユキさんが言ってた神社にお礼参りはできたからよかったんですけど」

ミユキの教えどおり、ちゃんと地下二階の駐車場から入り、階段で屋上まで上がったという。

清香自身や家族、婚約者とその家族も他県に住んでいるので結婚式を賀上神社で、というのは現実的ではない。

それでもここで式を挙げれば必ず幸せになる神社なのだと聞けば、あやかりたくもなり、結婚にかかわる祈願をいくつもしてしまったそうだ。

「あの、写真などは。一緒に撮ったりしなかったんですか？」

「それが、一枚も撮らなかったんです。わたしもパワースポットばかり撮ってて。ミユキさんも自撮りとかそういうのをするタイプじゃなかったみたい。パワースポットも、写真はあまり撮らずに、ずっと滝を見てたかな」

「滝？」

「あ、そのときに行ったパワースポット、新潟にある滝なんです。願いが叶う滝。山歩きの道の途中にあるんですけど、その近くまでバスも行ってくれます」

ではミユキという女性も、そういった神秘的なものが好きなタイプだったのだろうか。

「せめてフルネームくらい聞いておけばよかった」

清香はため息をついて肩を落とした。

会社の有休を使って上京してきた清香には時間があまりない。休みは明日までなのだそうだ。清香は縋《すが》るような目で苑子を見ていた。

「このビルで働くミユキさんに、心当たりはないでしょうか」

「え、っと」

少なくとも苑子にはない。

各テナント会社の代表取締役や重役の顔はばっちり、名前は何となく覚えているが、三十歳手前のミユキさんはその中にはいない。

となるとやはり千晶が頼りだ。

果たして協力してくれるだろうか。ちらりと受付カウンターを見遣《みや》るが、まるで他人《ひと》事《ごと》のようにこちらを見向きもしない。

「わたしはわからないので、一応、ほかの者に確認しますが、ご期待に添えるかどうか、お約束はできかねます」

「それでも構いません」

清香は食い下がった。苑子と話す合間にも、視線はきょろきょろとロビー内に彷徨《さまよ》わせている。よほどミユキに会いたいのだろう。

苑子がカウンターに戻った後も居座っていたが、それも午後六時を過ぎて人気《ひとけ》がまばらになってくると諦めたようだ。

「また、明日来ます」

受付カウンターでそう言い残すと、ようやく帰っていった。

「ほんと、瀬戸さんてお人好《ひとよ》しねえ」

「倉永さんだって面倒見がいいじゃないですか」

苑子から清香の話を聞いた千晶が、すでに頭の中で該当するミユキを探しているのは表情を見ればわかる。

「――年齢までぴったりと当てはまるミユキさんはいないわね」

やれやれ、と千晶はカウンター周りを片づけ、帰る用意をしながら答えた。

「やっぱり……でも、三十歳手前はあくまで推定年齢です。もしかしたら若く見えたとか、反対にちょっと老けて見えたとか」

「どっちにしても答えは明日よ。ピックアップしたミユキさんたちに確認を取って、もしご本人がいたとしても、了承を得てからでないと、その森谷さんて人には教えられないわ」

それはもちろんだ。苑子はかくかくと首を上下させた。

2

翌日。

結論から言えば、千晶が知る限り、該当するミユキは近野ビルにはいなかった。

二十代半ばから三十代半ばまで、と少し年齢の幅を広げてみたが、三階の保険会社テレホンアポインターの見雪さんや八階歯科クリニックの歯科衛生士の美幸さん、また地下一階不動産会社営業のみゆきさん——いずれも旅行先で出会った女性にお守りを渡した覚えはないし、三、四年前に限らず新潟には行ったこともない、という回答だった。

「わたしの中のデータに取りこぼしがあるか、三、四年前はここに勤務していたけど、今はもういない、か」

お手上げね、と千晶は早々に手を引く素振りを見せた。

「もうほかに調べることはできないでしょうか」

「そんなこと言ったって」

「だってせっかく遠くから上京してきたのに、会えずじまいなんて——あ」

そのとき、受付カウンターからロビーのとある一角が目に入った。

「旅行会社……」

「え？」

「ミユキさん、そこの旅行会社で新潟旅行を申し込んだらしいって、森谷さん言ってましたよね」

「そうなの？」

「はい」

もしかしたら、当時の申し込み記録が残っているかもしれない。

「そんなの見せてもらえないでしょう。完全に個人情報じゃないの」

「そうですけど――」

千晶は眉を顰《ひそ》めるが、苑子はまだ諦める気になれなかった。お人好しというのを通り越して、何だか仲間意識のようなものが苑子の中に芽生えている。賀上神社に救ってもらったということでは、苑子も清香も一緒だ。

「だいたい、そのミユキって謎の女も怪しいと思わない？」

「何でですか」

「いきなりお守りを渡して賀上神社のご利益を説くなんて。まるで主人の会社の専務夫婦だわ。賀上神社信者」

どうやら千晶は、自らも賀上神社で結婚式を挙げながら、夫に浮気をされ、賀上神社のご利益を妄信している仲人《なこうど》の専務夫人には無理難題を押しつけられるなど、嫌な思いを少なからずしたせいか、賀上神社アレルギーともいうべき症状を引き起こしているようだ。

「ひょっとして、専務夫婦の回し者じゃないかしら」

「回し者？」

「そう。とすれば崎田商事の社員ってこともありえるわね。それでお守りなんて渡してるのよ」

「何のためにですか？」

「信者を増やそうとしてるんだわ」

「倉永さん……賀上神社は変な新興宗教とは違うんですから」

「わかってるわよ。言ってみただけよ」

「あ。でも、もし崎田商事の人だったとしたら、またご主人の出番ですね」

「は？」

「社員にミユキさんて名前の女性がいないか。内部の人ならもっと詳しく調べられるんじゃないですか？　もしかしたら、もうやめてしまった人のことも」

すると千晶は一瞬面倒くさそうな顔をしながらも、「それもそうね」と意外にあっさりと請け合った。

数か月前の白いゴースト事件以来、賀上神社アレルギーは完治はしていないものの、夫婦の仲はそれなりに元に戻ったと聞いている。

「じゃあ、倉永さんのご主人にも確認してもらうとして――」

「館内巡回に行くのなら今のうちに行ってきてちょうだい。あと一時間もしたら、また忙しくなるから」

「はい！」

定期的にビル館内を巡回して建物の構造やテナントの様子、非常口や避難経路に異状がないか点検するのも、管理会社社員の仕事である。警備員も常駐しているが、万が一の際は、近野ビルを管理する須田メンテナンス社員一丸となって誘導しなければならない。

……というのは、今回は表向きの理由だ。それらしくバインダーとペンを持参して席を立つが、苑子がまずどこへ行こうとしているか、千晶はお見通しで、だからこそ巡回を勧めたのだろう。

苑子は同じ一階フロアの旅行会社に向かった。清香にきちんと結果を報告するには、ダメもとであっても、一度は確認しておかないと気が済まない。

旅行というものにさほど興味も縁もない苑子は、旅行会社にもあまり立ち寄ったことはなかった。

このアット・ホリデー・トラベルという会社にも、半年前、ビルの受付に配属された際に自己紹介を兼ねて挨拶に行き、その後も巡回で数回、ガラス張りの店舗の外から様子を窺ったくらいである。それでも全部で十人足らずの従業員の顔はすべて覚えている。

アット・ホリデー・トラベルの開店時間は午前十時だ。それまでまだあと二十分ある。店内の照明は半分ほど点灯されており、従業員たちが開店準備に追われていた。

「おはようございます」

苑子は店舗の外の棚のパンフレットを整えているベテラン風の女性従業員に声を掛けた。

「おはようございます」

さわやかでいて、女性ながら凛々《りり》しい挨拶と笑顔が返ってくる。苑子でも顔だけでなく名前も役職も知っている。支店長の冨士田《ふじた》さんだ。同様に、相手も苑子のことを受付にいる管理会社の社員だと理解していた。

さて、ここからどう切り出すべきか。支店長なら、個人情報を教える教えない、という判断は素早いだろう。

（うまく話さなきゃ。一刀両断、即却下ってなっちゃう）

作業している冨士田支店長の前の棚には海外旅行のパンフレットが並んでいた。自動ドアを挟んで向こう側にも同じような棚があり、あちらには国内旅行のものが置いてある。

苑子は一旦、支店長と距離を取るように、国内旅行の棚のほうへ足を向けた。

（京都、奈良——大阪……USJ、神戸。九州——大分かあ。温泉いいなあ。あ、北海道もいいな）

いちばん目立つのは沖縄という文字だった。沖縄行きのツアーパンフレットだけで、五段ある棚を上から二段分占めている。

（本州が梅雨入りする時期くらいに、沖縄は梅雨明けするんだっけ）

鮮やかな南国の風景を描いたパンフレットの表紙にくらくらした。悲しいことに、水着すら、苑子はもう何年も着ていない。

かすかにめまいがして、ふと視線を落とす。

たまたま目に入ったのは、一番下段の棚だった。東北、甲信越、北陸、東海——と全国各地方のパンフレットが横並びしており、その段の上に『全国パワースポット巡り』という手書きのPOP《ポップ》広告が貼られていた。

「パワースポット巡り……」

苑子はその中から北陸のものを手に取り、パラパラと捲《めく》った。

（森谷さん、新潟にある滝って言ってたよね。どれだろう）

滝をメインにした霊場がいくつか載っている。だが清香に訊かないとわからない。訊いたところでミユキの手掛かりになるとも思えないけれど。

「北陸方面へご旅行のご予定がおありですか？」

いつのまにか冨士田支店長が真横にいて、にこにこと一緒にパンフレットを眺めていた。

「あ、いいえ、そうじゃなくて――あの。ちょっとお伺いしたいことがあるんですが」

「何でしょう」

「このパンフレットって三、四年前もありましたか？」

冨士田支店長は苑子の質問の意図を測りかねるように小首を傾《かし》げた。

「まったく同じではないですけど、似たようなものはあったかと思います」

だが笑顔は崩さず、はきはきと答える。

「実は、三、四年前に、こちらで新潟への旅行を申し込んだ方で、ミユキさんという方がいらっしゃるはずなんですけど」

「は？」

「連絡先が知りたいんです。それで、こちらに当時の申込書か何かが残っていないかと――」

「それは、業務上の問題か何かでしょうか？」

やや、支店長の表情が険しくなった。

「それともわが社へのクレームが直接、管理会社の須田メンテナンスさんに行ったとか」

「え？」

「たまにあるんです。うちのお客様への対応が気に入らなかった。あんな旅行会社はビルから追い出してくれとか言いがかりをつけてくる方が。三年や五年も前の話を持ち出して、怒鳴るだけ怒鳴って、たいして名乗りもせずに電話を切ったりする方もいます。そのくせ、本当はそれも偽名で、うちのツアーに申し込んだというのも嘘で、ただの嫌がらせだったりするんです」

その言いがかりをつけられた時のことを思い出したのか、いつになく感情的に、ぐっと握りしめた拳をふるふる震わせる。

「いえ、そうではなくて」

苑子は慌てて、訂正した。

「実はそのミユキさんって方を探している人がいるんです」

一から正直に説明する。そのほうが協力してくれるかもしれない。だが。

「そういうことなら――と言いたいところですけれど、ちょっと協力はいたしかねます。お探しになっているのがご家族とかそういうのでしたら、また話も違ってくるんですけど。もちろんその場合もちゃんとご家族である身分証明書のようなものを確認させていただくことになります。あと、事件性のある場合とか」

「はあ……そうですか」

一刀両断とまではいかなかったが、懇切丁寧に拒絶されてしまった。

予想どおり、個人情報の壁は高く厚い。とても良いことだが、こういう時は、ちょっとくらいいいじゃないの、という気持ちにもなってくる。

がっくりと肩を落とし、北陸のパンフレットを元の棚に戻しかけて、やっぱりあとで清香に確認しようと、もう一度手元に戻す。

そのとき、また別のパンフレットが目に留まった。

「……これ」

苑子はその場にしゃがみ込み、凝視する。

賀上神社での婚礼用パンフレットだった。受付カウンターで常備しているのと同じである。

「こちらでも置いてくださってるんですね」

「ああ、それ――ええ。いつからかわからないんですけど、ずっと置いてあるようですね」

冨士田支店長は二年前にこの店舗に異動してきた。その頃にはもう、その位置にパンフレットはあったそうだ。

季節ごと、年ごとに、棚に置くパンフレットの顔ぶれは変わるが、賀上神社の婚礼用パンフレットは、国内旅行の棚のいちばん下段の左端と決まっているらしい。

「需要はあるんですか?」

「そうですね。うちで申し込んだ人は、わたしが赴任してからはまだいらっしゃらなかったと思います。でも定期的に補充はしていただいてますから、パンフレットだけでもお持ちかえりいただいているのではないかしら」

「補充？」

「ええ。そちらの——須田メンテナンスの真辺部長さんに」

残りの枚数が少なくなった頃を見計らって、こまめに追加しておいてくれるのだそうだ。だから決して棚が空になることはない。

苑子は礼を言って、アット・ホリデー・トラベルを後にした。その後、形ばかりにはならないよう、時間ぎりぎりまで館内巡回をし、受付カウンターに戻る。

「撃沈したようね」

「はい。突撃しましたけど、個人情報の壁は突破できませんでした」

それみたことかと千晶は肩を竦《すく》める。

「あら。それは何？」

「旅行のパンフレットです。北陸方面の。滝って、それだけで癒しの効果とかありそうですよね」

「そうね。天然のマイナスイオンって書いてあるわね」

「滝行《たきぎょう》体験とかもできるんですって」

「霊験あらたかなパワースポット。満願成就。万病治癒——ってそこまで書くと嘘《うそ》っぽいわよね」

苑子と千晶は見開いたページの見出しを適当に口にし、好き勝手な感想を述べる。

「ミユキさんって人も少なからず、パワースポットの力を借りたかったのかな」

写真も撮らずにずっと滝を見ていたと言っていた。何か、祈願することがあったのかもしれない。

「あ。雨」

いつのまにか、ビルのガラスのドアから見える空の色が怪しくなっていた。すでに地面も濡《ぬ》れているようだ。通りを歩いていた人々がそれぞれに歩を乱す。駆け足で走っていく人もいれば、建物の軒先に入る人、手荷物から折り畳み傘を取り出す人もいる。

「梅雨入りしたのかもね」

「そうですね」

答えながら、苑子はカウンターの奥に置いてあった傘入れ袋スタンドを持ち出し、ビルの入り口へと運んだ。

雨脚《あまあし》が一気に強くなってきた。自動ドアが開くたび、雨風がビル内に吹き込んでくる。

(とうとう梅雨になっちゃった)

会えない日が、また続く。

「そうですか……」

夕方になり、清香が再び姿を現した。苑子が調べた結果を告げると、目に見えて落胆する。

「ご期待に添えず、すみません」

「いえ、そんな。こちらこそ、無理をお願いしてすみませんでした」

ソファに座りながら、清香は手の中にあるミユキからもらったというお守りを眺めていた。何かを思いついたように、顔を上げた。

「あの」

「はい」

「このお守りってどこで買えるんですか？　本当はずっと持っていたいけど、ちゃんとお礼にいってお返ししたほうがいいのかなって。売ってるところに、返す場所もありますよね」

数年を経たお守りは古びてはいるが、丁寧に扱われてきたのがわかる。

「ミユキさんもそう言ってました。願いが叶ったら、神社に返しに来てねって。屋上の神社にはお返しするところがなかったので。それで、できればまた新しいお守りをいただきたいんです」

「それでしたら、わたしがご案内します」

苑子の就業時間が終わるのを待ってもらい、清香と賀上神社の本宮へ向かった。

雨はすでに止《や》んでおり、たなびく雲の合間から夕陽《ゆうひ》が顔を見せている。風はぬるく肌にまとわりつくようで、雨が降ったからといって気温が下がる様子もない。歩いているだけで額や首筋に汗が浮いてくるが、不思議なことに賀上神社の鳥居を潜った途端、空気の温度がすっと下がったような気がした。

定時に上がらせてもらったので、神札《しんさつ》授与所はまだ開いていた。

その横に、古札納所と記された木の箱が置いてある。

まずミユキからもらったお守りを木箱の中に納めた清香は、ずいぶんと長い間手を合わせていた。

「あ、苑ちゃん！」

授与所には陽人がいた。陳列台の向こうから手を振っている。接客をしているのは幹人の母親で、陽人もその手伝いをしているようだ。

「こんばんは」

「こんばんは。いらっしゃいませ」

先だってのこともあり、幹人の母を前にすると少し身構えてしまう。

「お知り合いなんですか？」

不思議そうに問う清香に、苑子は「ええ、まあ」と言葉を濁した。

「苑ちゃん、パパに会いに来たの？」

「おやまあ、そうですか。あれ、幹人はどこへ行ったのかしらねえ。陽人、呼んできなさい」

「パパ、いないよ。夏祭りの相談で、どこかに行くって言ってた」

「ああ、そうだったね。すみませんねえ。せっかく来てもらったのに」

「あの、違います違うんです」

祖母と孫の会話を、苑子はあわあわと遮った。

「こちらの方が、お守りをお求めだというのでお連れしたんです」

「あら。そうでしたか。どうぞ、ご覧くださいませ」

陳列台の上には学業成就や交通安全、良縁御守に商売繁盛など、いろんな種類のお札やお守り、破魔矢《はまや》などが置かれている。もちろん、ミユキから清香に渡ったあのお守りとまったく同じものもある。そのお守りには賀上神社の文字だけで、何の祈願かまでは縫い記されていない。

「これは、何のお守りなんですか？」

「ああそれは」

と、幹人の母が説明する。

「お持ちの方をお守りするお守りですよ」

持ち主の厄災を身代わりとなって受け、守る。その名のとおり、お守りだ。

「やっぱり家内安全かなあ」

清香は目移りしながら、選んでいる。

「苑ちゃんはー？」

「え？」

「苑ちゃんはお守りいらないの？」

いつのまにか、苑子おねえさんから苑ちゃんへと呼び方を変えている陽人である。数か月前のゴースト騒動以来、苑子のことを共犯者ならぬ秘密の共有者、もしくは何らかの仲間だとでも思っているようだ。

「わ、わたしはいいの」

ふと、台の端に置いてある、おみくじの箱が目に入った。よくある六角柱に穴が開いた箱だ。一回百円とある。

「これ、させていただいていいですか」

「どうぞどうぞ」

「苑ちゃん、何ばんー？」

「これ、陽人。待ちなさい」

「おみくじ、ぼくが渡すの」

「わかったから」

苑子は百円玉を陽人に渡すと、急《せ》かされるようにして箱を振った。だが、なるべく心を平静にしてから逆さまにする。穴から一本、木の棒が出てくる。

「陽人くん、三十五番のおみくじ、ください」

「はーい、どうぞっ」

陳列台越しに、陽人が表を伏せて苑子におみくじを差し出した。表を返してみてみると。

「苑ちゃん、何だった？」

「——中吉」

「びみょうだね」

「これ、陽人」

ははは、と苑子は笑った。本当に微妙だ。

「中吉は吉の下だって知ってた？」

「そうなの？」

「でも末吉よりはいいんだよ」

それはそうだろうな。

「苑ちゃん、縁結びのお守りはいらないの？」

「えっ」

「好きなひといないの？」

何だか今日の陽人は次から次へと直球を投げてくる。無邪気なのか、もしや、何らかの牽制《けんせい》だろうか。つくづく幹人が不在でよかったと思う。

つと横を見ると幹人の母親は清香の接客をしていた。

やはり家内安全を選んだようだ。ちょうど品物と金銭のやりとりが終わったところで、苑子は清香を促した。拝殿にお参りしてから本宮を出る。陽人がいつまでも手を振っていた。

「かわいらしい男の子でしたね」

「ええ——屋上の神社の神主さんの息子さんなんです」

清香の質問に無難に応える。何か含みを持たしたような問い方だったが、苑子はあえて気づかない素振りをした。

その足で新幹線に乗り、地元へ帰るというので、最寄りの駅まで一緒に歩いた。

「はあ。とうとうミユキさんには会えずじまいだったなあ」

「残念でしたね」

「もっと早く行動を起こせばよかった。でも、ちゃんと今、自分が幸せだって実感できてからもう一度会いたかったんです」

「今、幸せなんですね」

「はい。とても」

清香は答えてから、「でも、今が人生いちばんのピークだったら、それはそれで悲しいんですけど」と苦笑した。

「ミユキさんも、元気で、幸せに暮らしているといいな。あの時、ミユキさんもきっと辛《つら》いことがあっただろうから」

「そうなんですか？」

「わかりませんけど。満ち足りていたら、パワースポットに行こうなんて思わないんじゃないかな」

それでも自分のことより清香を気遣い、お守りをくれたミユキだから、いっそう幸せになっていてほしいと清香は思うのだろう。

苑子はアット・ホリデー・トラベルから持ってきたパンフレットのことを思い出した。

「おふたりは、どの滝に行ったんですか」

「わあ、懐かしい。これです。この、霊験あらたかなパワースポット。こんなふうに紹介されてるんですね。ミユキさんも満願成就してるといいな」

改札を入ったところで、清香とは別れた。東京駅に向かう電車のホームは苑子の自宅がある方面とは逆だった。

「親切にしてくださってありがとうございます」

「いいえ。結局お役に立てなくて」

「そんなこと——あ、これ。ミユキさんに持ってきたんですけど、渡せなかったから、代わりに、っていうのも失礼だけど、もらっていただけませんか」

清香は手にしていた土産袋を苑子に渡した。

「え、そんな」

「いろいろご協力していただいたお礼です。富山名物のお菓子なんですけど、よかったらどうぞ」

「……ありがとうございます。では遠慮なく。会社の同僚といただきます」

「あと、これ。わたしの連絡先です。もしも——もしも万が一、ミユキさんの所在が知れたら、またお手数をおかけしてしまいますけど、連絡いただけますか」

清香はメモを苑子に渡し、去っていった。

3

「よかったわね。今日も晴れてるじゃない」

昼休憩に行く苑子を、千晶はそんなふうに送り出した。

「お先に、行ってきます」

梅雨とは名ばかりの晴天が続いている。しかも、暑い。空梅雨《からつゆ》とはこういうことを言うのだろう。雨が降ったのは先週梅雨入りをしたその当日くらいだ。週末も天気予報には晴れマークが並んでいた。そして今日、月曜日も。

屋上の扉を開けると、すでに幹人が来ていた。珍しい。いつも苑子が一方的に待っているのに。

幹人は鳥居の横の狛犬《こまいぬ》の下で座り込んでいた。日は狛犬の頭上をまっすぐ照らしていて日陰はなく、直射日光を浴びながら項垂《うなだ》れている。

「大丈夫ですか」

思わず駆け寄り、そう声を掛けてしまった。熱中症で意識がないのかと心配になったのだ。

懸念に反して、幹人はすぐに反応した。弾《はじ》かれたように身を起こし、ゆっくりと苑子を見上げた。

「苑子さん」

その表情に、また違う動揺を覚える。

幹人は苑子を待っていた――うぬぼれだと半分言い聞かせながらも、彼は明らかにそんな顔をしていた。

「掃除はもう、済ませたんです」

「は、はい」

どちらからともなく歩き出し、例によって例のごとく横並びに座って、苑子はお弁当を広げる。いつもならそこで幹人のポケットや荷物の中から神様のお下がりが出てくるのだが、今日は違った。

ふと見ると、幹人の右手には何かが握られていた。手のひらにすっぽりと収まるそれがお饅頭《まんじゆう》や最中《もなか》でないことはすぐにわかったが、何なのかまではわからない。その手のひら同様、幹人の口もしばらくは堅く結ばれたままだった。

「いただきます」

「ああ、どうぞ。って僕が言うのも変か」

苑子が小声で言うと、ようやく幹人の口も開いたが、またすぐ黙り込んでしまう。ご飯をひと口食べたところで、横目に隣を窺う。

「今日はナスのはさみ揚げを作ってきたんです。よかったら、どうぞ」

「ありがとうございます」

苑子が話しかけるたびに応えはするものの、幹人はまったく会話に気が向いていない。苑子を待っていたと思ったのは、ただの思い込みだったのかもしれない。

「おいしいです」

「よかった」

「あ」

「え？」

「すみません。今日は——お下がりを持ってくるのを忘れてしまって」

「そんなこと、全然」

ぎこちない会話が、そこで途切れる。苑子の箸も進まない。あまり食欲がないのは暑さのせいだけではないだろう。半分くらい残して、お弁当箱の蓋を閉じたが、幹人はそれにも気づいていないようだった。

だが、彼は苑子が食事を終えるのを待っていたらしい。お弁当箱を包み直したのを確認すると、神妙な顔をして苑子に向き直った。

「苑子さん」

「はい」

「見てほしいものがあるんです」

そう言って、幹人は、握っていた手を開いた。

「あ」

「これを、ご存じですか」

賀上神社のお守りだった。新品ではなく、年月を経た朱色のお守り。授与所の陳列台にもたくさん並んでいた。同じお守りは数えきれないほど出回っているだろう。けれど苑子は確信していた。

先週の木曜日、清香が本宮の古札納所に返した、あのお守りだ。

「これが、どうかしたんですか？」

苑子は問い返した。知っている、と明言を避けたのはわざとではなかった。賀上神社に返したのだから、幹人がそのお守りを持っていること自体は不思議でも何でもない。だが、そのお守りを手にした幹人の様子が、苑子の胸をざわつかせる。

「うちの古札納所に返されていたお守りです」

この時期に古いお守りやお札を返納されるのは珍しいが、それでも毎日、納所は確認する。幹人がお守りを見つけたのは先週金曜日の夕方だったという。

「木曜日に苑子さんとお連れの女性が授与所に来たというのは、その夜に母から聞いていました。それでもう一度確認したら、母は覚えていなかったけれど、陽人が」

苑子ではない女性が、何かを納所の箱に入れているのを見た、と言っていたらしい。

「たしかに、お守りはその女性——森谷さんとおっしゃるんですけど、その方が返納されました。でもそれがいったい」

「その、森谷さんとおっしゃる方は何者ですか」

「何者――?」

何だか幹人らしからぬ言い種《ぐさ》だったので、苑子は面食らい、そして少しだけ表情を曇らせた。

「ああ……すみません。どのような方なんですか」

「どのような」

「なぜ、このお守りを持っていたんですか」

幹人はもどかしげに問いを重ねた。

まるで苑子を詰問するかのような口調だった。

「三年か四年前に、旅先で出会った女性にもらったのだそうです」

清香がそのお守りに救われたこと。力をもらったこと。縁談がまとまり、お守りをくれたミユキという女性にお礼が言いたくて、彼女が勤務していたと聞いたビルを探し当て、訪ねてきたこと。

「結局、ミユキさんという人を探し当てることはできませんでした」

話しながら、胸のざわめきがしん、と凪《な》いでいくのを苑子は感じていた。凪いだ後に今度は痛みにも似たせつなさが襲ってくる。いつもそうだ。彼女の存在を、気配を感じると、苑子の胸は小さく悲鳴を上げる。けれど、それ以上に、幹人の横顔が悲しみに満ちていく。

「あの。ミユキさんって」

「たぶん、亡くなった妻です」

思いのほか、驚きはなかった。

自分でも気づかないうちに、苑子は察していたのだろうか。思い返してみれば、最初から清香も話していたではないか。清香自身も気づいてはいなかったのだろうが、ミユキは言っていた。

――もし願いが成就したら、またそのお守りを神社に返しに来ればいいわ
返しに行って、ではなく、返しに来て。それは、ミユキがいつも神社にいるからこそ出てきた言葉だろう。

「四年前、妻が病気だとわかりました。もう手遅れで、有効な治療方法もなくて、余命は半年。それこそ神仏に縋《すが》るしか手立てはなかった。その旅行は、告知を受けてすぐだったかな。最後にひとりで旅をしたいと言い出した。まだひとりで動けるうちに、一泊だけ、と」

そのお守りは幹人が妻のために祈願し、持たせたものだという。ただただ、神のご加護がありますように。

妻を厄災から、死の病から少しでも遠ざけてほしいと願った。

「行先は、北陸とだけ聞いていました。そうですか、美由紀は滝に――」

幹人は苦しげに吐息をついた。

万病治癒——美由紀はその言葉を見つけ、旅先を選んだのかもしれない。

けれど、彼女はそれから宣告を受けた半年を少しだけ超えた頃に、逝ってしまったという。

「遺品の中に、僕が渡したお守りがなくて——おかしいなと思っていたんです。どこを探しても見つからなかったはずだ」

手の中のお守りを幹人はいとおしそうに撫《な》でる。息子のプールタオルに妻の刺繍《ししゅう》を見つけた時と同様、他人からすれば他にもたくさんある同じお守りと見分けがつかないそれも、幹人にとっては唯一無二のもので、簡単にわかるのだろう。

「その、森谷さんという方には、美由紀の行方はわからないままにしておいていただけますか」

「え、でも」

「どこかで幸せに暮らしていると思っていてほしいんです」

それに、美由紀のお守りをもらったから、当の美由紀はこの世を去ってしまった、などとは思ってほしくない。それで清香が自分を責めるようなことがあってはならない。

「森谷さんは美由紀の運を奪ったわけではないので」

「わかりました」

　さてと、と幹人は気を取り直したように言って立ち上がった。お守りをジーンズのポケットに仕舞い、大きく伸びをする。

　幹人の体が苑子の頭上に陰を作る。ちょうど目の前に、ポケットからはみ出たお守りの紐《ひも》が揺れていた。

「あの」

「はい？」

「そのお守りはどうするんですか？」

　そんなことを訊いてどうするのだろう。言葉に出してしまった後で自問自答し、後悔する。

「これですか。もちろん、ほかの古札などと一緒にお焚《た》き上げをしますよ」

「へ？　そうなんですか」

　苑子は間抜けな声を上げてしまった。

「はい。もうこのお守りのお役目は終わりましたから」

　いつもの涼しげな声が降ってくる。日差しを背にした幹人の顔は影になっていてよく見えなかった。

昨日に引き続き、今日も雨が降る気配はまったくなく、朝から気温はぐんぐん上がっている。開業十五分前、ようやくビル内の空調も効き出してきたところだ。
苑子は賀上神社の婚礼用パンフレットの束をとんとんとカウンターの上で整え、引き出しの中に仕舞った。朝礼が終わり、オフィスを出ようとしたところで真辺に呼び止められたのだ。
――ああ、瀬戸さん、これ。そろそろ少なくなる頃じゃないかな。補充しておいたしかに、屋上の神社の結婚式について訊かれることは、案外少なくはない。本当に挙式をするのはごくごくわずかだけれども。
苑子はカウンターの拭き掃除をしながら、さっきの真辺との会話を思い出していた。
――そういえば、アット・ホリデー・トラベルの棚の補充も、真辺部長がしていらっしゃるんですよね
――うん。店の人に聞いたの？
――はい。冨士田支店長さんに
まめですね、とはさすがに言わなかったが、苑子の顔に出ていたのか。
――頼まれてしまったからね
恵比須顔《えびすがお》に微苦笑のような複雑な笑みを浮かべながら言った。誰に、とは答えなかったし、訊けなかった。

頼まれてしまった。

冨士田支店長？　それとも賀上神社信者の崎田商事専務夫婦？

（きっと……美由紀さん、かな）

何の根拠もないが、そうなのだろうと苑子は思った。真辺は幹人とも懇意にしているし、妻の美由紀とも面識があって不思議ではない。

旅先で出会った見知らぬ女性に、賀上神社のご利益を説いて聞かせた美由紀。縁結びにご利益がある。賀上神社で結婚式を挙げれば幸せになれる。絶対に離婚しない――巷《ちまた》でひそかに囁《ささや》かれているという噂《うわさ》。その噂が広まったのはここ二、三年のことだと千晶が言っていた。

噂を流しているのは専務夫婦だと思っていたが、もしかしたら美由紀だったのではないか。

清香だけではなく、いろんなところで誰かにそのご利益を説いていたのだとしたら。そして自分の死後も、その噂が立ち消えてしまわないよう、せめてパンフレットで広め続けようとしたのだとしたら。

「瀬戸さん、手が止まってるわよ」

「あ、すみません」

美由紀の意図は何だったのだろう。

夫が神主を務める神社を守《も》り立てようとしていたのだろうか。それとも自分の死期を覚《さと》り、神主の妻が病気で早世し、縁起が悪いと言われたら、などと懸念したのだろうか。あるいは。

賀上神社で挙式した自分は早くに世を去らなければならなかったが、それでも幸せだったと伝えたかったのだろうか。

美由紀の残した想いどおりに、噂はいずれ、言い伝えにさえなるかもしれない。

「瀬戸さん、同じところばかり拭いて」

「あっ」

千晶が眉を寄せてこちらを見ている。だが怒っているのではなさそうだ。何やらもの言いたげに、けれど言い出せずに逡巡《しゅんじゅん》しているような表情だった。

「倉永さんこそ、どうかしたんですか」

何気なく訊ねた苑子だったが、その推測どおり、千晶は何やら困っているらしい。そしてその当惑を隠そうともしなかった。わざとらしく言い淀《よど》む素振りをしてから、「実は」と切り出した。

「例の、ミユキさんて人のことなんだけど」

「え？」

「主人に訊いてみてほしいって言ってたじゃない」

「あ、ああ」

先週から出張に行っていた倉永氏が昨日帰宅したので、訊いてみたのだという。千晶もミユキの正体を知ったのだろう。言いにくそうにしながら、それでも伝えなくてはならない、という千晶の葛藤が見て取れる。

「それは、もういいんです」

「いいってどういうこと」

「もう、どなたのことかわかりましたから」

「……そうなの」

自分の口から告げなくてもよくなったからか、千晶は明らかにほっとした様子だった。

旧姓は知らないが、美由紀は結婚前、倉永氏と同じ崎田商事に勤務し、今、苑子のいるこのカウンターで受付嬢をしていたと聞いている。

賀上神社のあるビルに勤めていたのは三、四年前のことではなく、八年前までのことだったが、それは清香への伝わり方に齟齬《そご》があったのだろう。倉永夫婦も賀上神社で挙式している。倉永氏はミユキと聞いてすぐに美由紀を思い出したのかもしれない。

「何か、悪かったわね」

「え?」

みると、千晶は自分が打ちのめされたかのように、しょんぼりと肩を落としていた。

「ど、どうしたんですか」

「あなたが入社したばかりの頃、わたし、松葉さんのことを勧めたでしょう。シングルファーザーだけれど、恋愛の相手にどう？　みたいに。あれ、軽率だったわね。ごめんなさい」

「いえ、そんな。やめてください」

そういえば、そんなことを言われたような気がする。けれどそれは雑談の中の軽口のひとつだった。それだけだ。

「倉永さんにけしかけられたから、神主さんを意識するようになったわけじゃないですから」

むしろその時はたしか、千晶に教えてもらったシングルファーザーという言葉に衝撃を受けて、自分の中に生まれかけた淡い何かが一気に萎《しぼ》んでしまったのを覚えている。

それでも幾度も会ううちに、萎んだ想いはまた膨らんでいってしまった。

けれど彼の亡き妻の残像を見つけるたびに、苑子の想いは迷子になる。

きっと、それらを全部丸ごと引き受ける覚悟がないと、彼との今後はないのだろう。

幹人や陽人の中にある美由紀の想い出ごとすべて。

その覚悟は考えるほどにたやすくはない。いちいち傷ついてばかりいるうちは無理なのではないだろうか。

今は少し苦しい。だから雨の予報を願ってしまう。雨ならば屋上に行かなくてもいい。幹人に会わずに済む——。

貸会議室の忘れ物

1

雨の憂鬱さよりも、暑さに辟易《へきえき》した梅雨《つゆ》が明けた。

集中豪雨や雷雨はあったが、感覚的に晴れの日が多かったのは気のせいではないだろう。お天気ニュースでは降水量の少なさから水不足が問題になっている地域もあると言っていた。

屋上で彼と出会うも出会わないも、雨の影響はほぼなかった。

会いたくないと思っていてもいざ会えればうれしかったし、会えなければほっとするよりがっかりした。

わかっているのは、話題に出なくても彼の中にはいつも亡き妻への想《おも》いが存在しているということ。初めて出会った頃から彼はそうだったのだから、苑子が好きな幹人とはすでに美由紀の存在ありきの幹人なのだろう。頭ではわかっている。あとは心が納得するだけなのだ。

「苑ちゃん、これ食べてもいい?」

陽人の日に焼けた指が卵焼きを差す。

「うん。いいよ」

「すみません」

幹人が小さく頭を下げた。

「いえ。今日も陽人くんが来るかなと思って多めに作ってきたんで」

「ありがとうございます」

「苑ちゃん、おいしい」

「そ。よかった」

昼休憩の屋上に、このところ陽人もちょくちょく顔を出す。夏休みに入ったのだ。父親についてきて、神社の掃除を手伝っている。今日はスケッチブックを持参していた。図工の宿題で、何か建物をスケッチしなくてはならないらしく、ここの祠《ほこら》を描こうと決めたのだそうだ。

「そうだ。苑ちゃん」

「ん？」

「ばあば——おばあちゃんが今度またご飯食べにいらっしゃいって」

「え」

「そう苑ちゃんに言っといてって言われた」

苑子、陽人、幹人の順で並んでいたが、陽人は苑子に話しかけながら、反対側の父親をちらっと窺《うかが》った。

「前に来たときは、帰っちゃったから」

苑子は返事ができずに、幹人を見た。

「ああ、ええと。すみません。母はその――」

幹人も言葉を濁す。

彼の母の意図は――おそらく、苑子の品定めだ。苑子と幹人の、まだ何も始まってもいない関係を知ってか知らずか。もしや、陽人も彼女から送り込まれたスパイだったらどうしよう。

（ああ、怖い）

陽人は賢くてかわいい。苑子は陽人のことが好きだった。幹人の息子だからとか、もしも幹人との関係がこの先進展したら自分の息子になるのだろうか、とか、そんなことは関係なく、ただいとおしいなと思う。

「あ、ねえ。今日は？」

「ええ？」

「うん、今日。うちに食べに来なよ。会社が終わったら」

無邪気な誘いに、思わず頷《うなず》いてしまいそうになったが、慌てて思いとどまった。幹人の母の存在に怖気《おじけ》づいたわけではない。いや、それもあるが。

「あのね。今日は無理なの。残業なんだ」

「残業？」

問い返したのはそれまで黙って会話を聞いていた幹人だった。

「そうなんです。今日は夜に貸会議室の使用があって」

めったに残業がない受付業務だが、須田メンテナンスが直接管理している十階の貸会議室の利用時間によっては、それが終わるまで帰れなかったりする。今日の使用予定者はテナント外の会社なので、貸会議室のセッティング等は須田メンテナンスの下《した》っ端《ぱ》社員、つまり苑子と美冬がしなければならない。

「そうなんですか」

「はい。すみません。せっかく誘っていただいたのに」

ひどく残念そうな幹人に、苑子も恐縮する。

が、同時に疑問も大きく膨らむ。そもそも幹人はどういうつもりで苑子を自分の家の夕食に誘っているのだろう。今回誘ってくれたのは陽人とその祖母だが、数か月前に母《おも》屋《や》を訪ねたとき、『一緒にどうですか、晩ご飯』と言ったのは幹人だ。

「じゃあまた、今度」

「はい」

今度がいつ来るかもしれないお決まりの口約束をしながら、幹人は隣で「じゃあ、明日は！？　明日は残業！？」と、話を引き延ばそうとする息子の口を押さえつけようとしている。

これが、幹人とふたりきりで食事なら。あるいは陽人も交えての三人でならば、苑子も積極的に次の約束を取り付けたかもしれない。

（いきなりご両親と食事はハードル高いわ……）

美冬と手分けして長机と椅子を並べ終え、ホワイトボードをセッティングして廊下に出ると、スーツ姿の男女が続々と貸会議室に入っていった。

使用する会社は何かの講義をするそうだ。その受講者たちだろう。受付は一階ロビーで千晶が終えている。時間は十八時から二十時。終わる頃にまた戻ってきて後片付けをしなくてはならない。それまで下のオフィスで待機していようと、美冬と一緒にエレベーターホールに向かおうとしたときだった。

「あれ、苑子？」

受講者らしき男性がすれ違いざまにそう言った。

聞き覚えのある声だった。

振り返ると、懐かしい顔がそこにあった。

「あ」

「やっぱり苑子だ」

「——知貴《ともき》くん」

彼は苑子を確認したものの、「あ、やべ」と呟《つぶや》いて貸会議室に入っていく。時計を見るともう受講開始時間が迫っていた。入室する寸前に彼がもう一度苑子のほうを見たのがわかったが、何となく目をそらしてしまった。

「知り合い？」

美冬が苑子のジャケットの袖を引っ張った。

「うん。前の会社で同僚だった人」

「ふーん。それだけ？」

「それだけ」

「お互い名前呼びだったのに？　向こうは呼び捨てだったのに？」

図星なのだから、正解を言う必要もないだろう。

柴山《しばやま》知貴は苑子の元カレだ。

懐かしい、と思えるものなのだな。

オフィスの給湯室でコーヒーを淹《い》れながら、苑子はしみじみと思った。

彼と別れたのは前の会社が経営破綻を発表した当日だった。総務部にいた苑子はその前日に知ったが、倒産の気配はずいぶん前から感じていた。

それを、親密な関係だったからとはいえ、彼氏である知貴に漏らすことはなく、営業部にいた彼はほかの社員と同じく、会社からの通達で知った。

だが彼はそれを裏切りだと言った。

俺が職を失うとわかっていてなぜ教えてくれなかったのか。そうすればもっと早く、ほかの連中よりも先に再就職先を探し始めることもできたのに。何のために人事課にいたんだよ。言えよ。彼女なら俺の役に立てよ――

思い出しても、ひどい罵られようだったと思う。その前からリストラ情報があれば教えろ、などと、苑子から執拗《しつよう》に人事情報を得ようとしていたのでうんざりしていたが、それが原因で決定的に気持ちが離れた。

向こうも同じだったらしい。

――そんなの、言うわけないじゃない
頭に来て言い返した苑子に、知貴は『冷たい女』だと吐き捨て、去っていった。

傍《はた》から見れば苑子がフラれた形になるのだろうが、まるで未練はなく、傷つきもしなかった。むしろ、せいせいした。それでもふとした拍子に思い出せば、喉の奥に苦みが広がる。知貴はそんな存在だった。

それを、懐かしいと思えたのは、つきあっていたのが三年という決して短くはない年月だったからだろうか。彼とは会社が経営破綻したあの日以来、一度も会っていなかった。

(あれが去年の八月だったから、もうすぐ一年経《た》つんだ……)

ミーティングルームの隅に座りながら、少し冷めたコーヒーを啜《すす》る。

一年ぶりに会った元カレはあまり変わっていなかった。スーツもネクタイも、髪型の感じも。元同期からの噂《うわさ》では前の会社倒産後すぐ、コンサルティングの会社に再就職したと聞いた。前と同じ営業だそうだから、雰囲気もそのままなのかもしれない。

「あら。お疲れさま。お先」

そこに千晶が戻ってきた。受付業務のみを担当する派遣社員なので、残業の義務はない。

「お疲れさまでした」

「あ、これ。渡しておくわね」

差し出されたのは貸会議室の使用者の資料だ。使用要綱や受講者リストなどが載っている。

「起業セミナー……」

表紙にはそう書いてあった。

「よく聞くわよね。起業セミナーって。自己啓発セミナーと似たようなものっていうのも聞いたことあるけど。そういうの、ちょっといかがわしいって思っちゃうわ」

「おいおい。決めつけはよくないよ」

疑ってかかる千晶を、真辺が部長席から諌《いさ》める。

「うちは、怪しげな会社や団体には会議室貸さないから」

「怪しくないってどうしてわかるんですか」

「どんな団体も上手に皮を被《かぶ》られちゃ、わかるわけないよ。とりあえず契約書が完璧で、使用目的が明確かつ特定の宗教や思想、政党も絡まず、使用料の前払いをきちんとしてくれれば」

「いいんですか。呪いのセキュリティは」

苑子はつい、口を挟んだ。真辺が苦笑する。

「呪いは順調に浸透していっているようだね」

言葉だけ聞いているとホラー映画の台詞《せりふ》みたいだ。

「そうやって、いつも危機意識を持っていることが大事なんだよね。だからってビルに出入りする人全員を疑ってかかるのは失礼だし、そんな必要もない。たいていは善良な人たちだ。その善良な人々がこのビルの中にいる間は何の危険にも晒《さら》されないようにするのが僕たちの仕事だからね。今回の起業セミナーで言えば、セミナーの主催者のことを一応はチェックする。チェックできる場合だけだけれど。今日の主催者は税理士だったかな。税理士事務所を持つ、ちゃんとした税理士だ。経歴に不明な点はなく、悪い評判も特に聞かない。まあ、そんなふうに調べられる人物ばかりでもないが、今回は問題なし。じゃあ、あとはよろしく。戸締りはしっかりね」

最後の戸締り云々《うんぬん》は部長席の斜め前に座っている美冬に向けて言ったらしい。

「はーい」

という、美冬のどこか緊張感のない返事がオフィスに響き渡った。

苑子は千晶から渡された資料を眺めながら、完全にぬるくなったコーヒーを喉に流し込む。

起業セミナーと大きく印字されたタイトルがまず目に入るが、その上に、税理士渡辺《わたなべ》紘一郎《こういちろう》による、とある。

(税理士さんが起業セミナーなんて開くんだ)

詳細を読んでみると、どうやら起業した際の税務処理関係を学ぶセミナーのようだ。

受講者はかなり本気で起業を目指しているのか。講義の時間帯やスーツ姿が多かったのを考えれば、それぞれ会社帰りだったのだろう。

安定した仕事を捨てて、自ら会社を興そうとするとは。

安定した勤め人になりたくてなかなかなれずに苦労した苑子だったが、だったら自分で会社を作ろうなどとは考えたこともなかった。

(知貴くんも?)

セッティングの時にちらっと受講者の顔ぶれを見たが、男女年齢問わずかなりの人数がいた。苑子より若い女性もいれば、父親ほどの年齢の男性もいた。

知貴も営業職にしてはそれほど社交的な性格ではなかったが、仕事に関してはけっこう野心家で向上心もあった。ザ・総務部と評され、自他ともに認めるコツコツ型の苑子とはその点は正反対だったのだろう。

こうして知貴のことをしんみり思い出すのも実に一年ぶりかもしれない。

再就職活動が上手《うま》くいかなかった三か月の間は、人生最悪の時期だとどん底まで落ち込み、その分、仕事もプライベートもそこそこ充実していた日々を思い出してはため息ばかりついていた。単調な毎日だったが、それも地の底にいた苑子からは輝いて見えた。

その毎日にもちろん知貴もいた。けれど彼ともう一度やり直したい、などという想いはかけらもなかった。輝ける日々の回顧録は、胸に広がる苦みと共にいつも幕を閉じていたのだった。

そんな過去への回想も、須田メンテナンスに再就職してからは、まったくなくなった。

元同僚や先輩と会うことはあっても、知貴の存在はすっぽり抜け落ちていた。

思わぬ再会だったが、ほんの一瞬、すれ違って目が合っただけだ。挨拶すらする暇がなかった。あとで貸会議室を片づけに行けば、また会うだろう。その時はお互いの軽い近況報告くらいはするかもしれない。けれどそれだけだ。この再会が今の苑子の日々にかかわりを持つことはない。

そう思っていたのに。


セミナーは予定より早く終わったようで、苑子と美冬が再び貸会議室へ着いた時にはもう講師の税理士とその助手しか残っていなかった。彼らも帰り支度を終えると、苑子たちに挨拶をして出ていった。

黙々と長机の脚を折り畳み、椅子を高く積み重ねていく。

「あ」

その折り畳み傘を見つけたのは美冬だった。紳士物だろうか、濃いグレーの無地だ。

「忘れ物かな」

梅雨が明けても、不安定な天気が続いていた。

毎日どこかで集中豪雨があり、道路の冠水や家屋の浸水の映像がニュースで流れ、避難勧告のテロップがテレビに映し出されている。そこまでにはならなくとも、さっきまで晴れていたのに急に空が暗くなることもしばしばあり、苑子も折り畳み傘はいつもバッグの中に入れていた。短時間でものすごい量の降雨になれば、傘もほとんど役には立たないのだが。

「預かっておくしかないわね。また連絡して来るでしょう」

美冬の言葉に頷いた苑子だったが、その苑子のスマートホンが鳴った。着信の通知画面に出た名前を見て目を疑う。

(え。知貴くん)

電話がかかってきた以上に、自分のスマホの連絡先の中にまだ彼の登録があったことに驚いた。そういえば消した覚えがない。消すという行為すら億劫《おっくう》で、ただただ放置していただけというのが真実だ。

苑子は美冬に断り、廊下に出た。

「……もしもし」

「――苑子?」

「うん」

「よかった。番号変わってなくて」

ということは、知貴のスマホにも苑子の連絡先が残っていたのだろうか。

「どうしたの？」

「ああ、ええと。傘」

「え？」

「傘、忘れたんだけど。その、さっきのセミナーやってた会議室に。苑子、あのビルに勤めてるんだよな？」

「え？」

と、苑子は繰り返した。

「受付嬢だろ？　さっきは会議室の前にいたけど」

なぜ、それを知貴が知っているのだろう。ビルの廊下ですれ違っただけなのに。

「え、違うの？　受付の人と同じ制服着てたから」

「あ、ああ。うん、そう」

「で。傘」

「うん」

「なかった？」

「……あった」

苑子が答えると、ほっとしたような「よかったー」という声が返ってきた。そんなに大切な傘なのだろうか。大事な人からのプレゼントなのかもしれない。

「どうする？　取りに来るなら一階の受付で保管しておくけど」

営業職なら外回りもあるだろう。近くに来るついでがあれば寄ってくれればいい。無理なら彼の会社、もしくは自宅宛てに郵送することもできる。

ひと呼吸ほどの沈黙の後、知貴が言った。

「あのさ。苑子、もう仕事終わった？　今から会えないかな。まだそのビルの近くにいるんだ」

「は？　ちょっと」

だったらそっちから取りに来ればいいじゃないの、と言う間もなく知貴は畳みかける。

「飯、まだなんだろ？　おごるから。ビルの近くのファミレスわかるよな。そこで待ってるから」

「ええ。ちょ、待ってよ。知貴く――」

苑子の返事を待たずに通話は切れた。そうだった。人見知りのくせに、馴染《なじ》んだ相手にはやたらと強気な男だった。

「ああもう」

面倒なことになった。電話に出るんじゃなかった。無視して傘は自宅に送りつけてやろうか。もちろん着払いで。

「……どうしたの？」

貸会議室に戻ると、美冬がホワイトボードの文字を消しながら訊《き》いてきた。

「傘の持ち主から連絡」

「もしかしてさっきの元カレ？　あっ。わざと忘れたんだ」

「何で」

「だって、折り畳み傘なんて使わない時は鞄《かばん》から出すことないもん。普通こんなところに置き忘れたりしないでしょう」

「それは、そうだけど」

「よりを戻したいとか」

「……まさか。それは、ない」

苑子は全力で否定した。


私服に着替えた苑子は、美冬の詮索を振り切って近野ビルを出た。だが、足取りは重い。目の前の通りを挟んだ向かい側。北へ歩いて二つ目の交差点の角にあるファミリーレストランは、ここからでも見える。

元カレと食事。別段、何てことないシチュエーションなのだろうが、やっぱり身構えてしまう。

残業さえなければ再会しなかったのに。けれど残業がなければ松葉家にいたはずで、また違った緊張の中に身を置いていたことだろう。

（はあ。とっとと傘を渡して、適当にご飯食べて、帰ろう）

自分に言い聞かせ、ファミレスに向かう。

ドアを開けると満席なのか、二組ほどが入り口付近で席が空くのを待っていた。その前を通り過ぎ、店員に声を掛けてから店内を見渡す。

奥の四人掛けのテーブルに知貴がいた。

（あれ？）

ひとりではない。ソファの隅に知貴が座り、横と前にひとりずつ、会社員風の男性が座っている。こちらに背を向けている男性の顔はもちろん見えないが、知貴の隣の男性はテーブルの上に片肘を置き、知貴のほうに体ごと傾けてしきりに話しかけている。友人か、会社の同僚か。どちらにしても、苑子はそのテーブルに行くのにさらなる二の足を踏んだ。

近寄りがたい空気だった。

隣の男性はえらく楽しげに何かを力説しているようだが、談笑に見えないのは知貴の表情が少し強張《こわば》っているからだろうか。ときおり笑顔も浮かべるが、それがぎこちなく、会話を楽しんでいるようにも見えない。苑子が来るのを待っているのか、テーブルにはまだ何の料理もなく、水の入ったコップひとつがあるだけだ。

やっぱり傘だけ渡して帰ろう。そう思った瞬間、知貴に見つかった。

「あ、ここここ」

片手を上げ、苑子を呼ぶように振る。途端に、隣の男性の笑顔がすっと消え、もう一人の男性も振り返って苑子を見た。

苑子はためらいながらもテーブルに近づき、折り畳み傘を差し出す。

「傘を持ってきただけだから。はい、これ――」

「え、座れよ」

「でも」

知貴は傘を受け取ろうとしない。苑子が戸惑いを見せると、男性ふたりが顔を見合わせ、席を立った。

「じゃあ、僕たちはこれで」

「柴山さん、また」

椅子の背もたれに掛けていたスーツのジャケットを手にすると、あっさりと立ち去っていく。だがすれ違いざまに、片方の男性が小さく舌打ちをした音が聞こえた。

(やな感じ)

邪魔をしてしまったのだろうが、苑子だって有無を言わせず知貴に呼び出されたのだ。むっとして、ついまじまじと彼らの顔を見てしまい、そして気づいた。

「あ」

店を出ていく二人組を見送りながら、思い出した。

「どうかした？」

「今の人たち。さっき、同じセミナーに参加してたよね？」

知貴の前の席に座りながら訊《たず》ねる。水を飲んでいた知貴がごぼっとむせた。

「ちょっと大丈夫？」

「ああ──よくわかったな。セミナーにいたやつらだって」

落ち着きなく、お手拭きで口を拭う。人の顔を正確に覚えられる──それが特技だと苑子自身が知ったのもつい半年ほど前だ。知貴が知らなくても仕方がないが、今ここで言うほどのことでもない。

「うん。ちょっと覚えてただけ」

「何で」

「何でって」

「やっぱり怪しかったから？」

「……怪しい？」

「いや、何でもない。あ、何食う？　俺、もう決めてるから、苑子も選んで」

知貴はほっとしたような顔をして言い繕い、メニューを広げた。けれど、はぐらかされた言葉が気になってメニューが頭に入ってこない。

「じゃあ、これにする」

最初に目に付いたシーフードドリアを指で示すと、知貴がテーブルの呼び出しボタンを押した。店員に注文を終えたところで気づく。テーブルの上には知貴のコップと、今店員が苑子に持ってきた水だけ。さっきまでいた男たちの分はどこにもない。

「ねえ、怪しいってどういうこと」

「別に意味はないよ。そんなに特徴のある顔でもないのに覚えてるっていうから、何か変なことして目を引いたのかなって思っただけ」

「……ふうん。でも、セミナーで意気投合してご飯食べることになったとかじゃないの？　わたし、来ないほうがよかったんじゃない？」

「いいんだ」

知貴は即答した。

「でも先に帰らせちゃって、悪いことしたんじゃ。あの人たち、もっと話をしたかったみたいだもの」

「たいした話じゃないって。約束したのは苑子が先だったし」

一方的な約束だったけどね、と苑子は思ったが、言い返さなかった。

「あ、これ。傘」

「お。サンキュ」

知貴は大きめの黒いビジネスバッグに傘を仕舞った。鞄に入れっぱなしにしているはずの折り畳み傘を置き忘れるなんて、という美冬の言葉が蘇《よみがえ》ったが、深く考えないことにする。

「何かさ、苑子、ちょっと変わったよな」

「え、そう？」

「うん。こう言っちゃなんだけど、垢《あか》ぬけたというか」

「ひどくない？　それ」

「見違えた。きれいになった」

「――――」

真面目《まじめ》な顔をして言う知貴を前に、どう答えればよいかわからない。深く考えないようにしたのに、まさか美冬の想像が正しかったりするのだろうか。

「せ、制服のせいじゃないかな」

「それもあるか。苑子が受付嬢なんて」

「受付嬢じゃないけど。ただ受付の業務をしてるだけ。知貴くんはあれだっけ。コンサルティング会社の営業だよね」

　すると、知貴は急に真面目な表情になって、今は違う、と訂正した。

「違うの？」

「今はIT関連の会社で営業をしてる」

「そうなんだ。……すごいなあ」

　相槌《あいづち》の後に、ぽろり、と苑子の本音が出た。

「すごい？」

　知貴はいぶかしげに見返してくる。

「うん。――わたしね。再就職活動がどうしてもうまくいかなくて。前の会社が倒産してから三か月の間、連戦連敗で、本当に、何をどうしてもどこの会社にも受からなかったの。最後は神頼みまでして、やっと今の会社に雇ってもらえることになったんだから。もう大げさじゃなく、奇跡が起きたんだって思ったもの。それなのに、知貴くんは再就職活動初めてすぐに次の会社、決まったって聞いてたし、今また違う会社にも採用されたって、すごいよ」

「そう、かな」

　苑子が本気で感心しているのが伝わったのだろう。知貴は満更でもない様子で鼻の横を掻《か》いた。

「なのに現状に満足しないで、起業を考えたりしているんでしょう？」

「……まあね」

それからは思い出話に花が咲いた。近況を話していても、そういえばあの時は――と話は過去の共通の話題にすり替わる。いやな思いをして別れた相手なのに、案外普通に話せるものだ。

話すことがなくなった頃に料理が運ばれてきた。それぞれのペースで皿を空け、食べ終わった後は、互いに何も長引かせることなく席を立った。約束だから、と苑子の分も払ってくれた知貴に礼を言い、ふたりはファミレスの前で別れた。

たぶん、もう会うことはないだろう。いい別れ方ができた。いやな思い出に上書きができた。苑子はそう思った。

2

「苑ちゃん、昨日、ファミレスにいたでしょう」

「へっ？」

翌日の屋上にて。開口一番、陽人に指摘され、苑子は腰を抜かしそうになった。

毎日午前中に小学校のプール開放に行っているという陽人は日に日に日焼けで黒くなっていく。そのきれいに焼けた両腕をえらそうに組み、仁王立ちになって苑子を見上げている。どうやら怒っているようだ。

周りを見るが、幸か不幸か、幹人の姿はない。今日は陽人ひとりで来たらしい。

だが、話を聞いて動揺した。

昨夜の夕食後、デザートにアイスを食べたくなったが、冷凍庫の買い置きが切れていた。父親つまり幹人と一緒に散歩がてらコンビニへ行ってアイスを買った帰り、ファミレスから出てくる苑子と男の人を見たという。

苑子は頭を押さえた。

（嘘《うそ》でしょ。まさか、ピンポイントにそこを神主さんに見られてたとは……）

そういえば道路を挟んだファミレスの向かい側にコンビニがある。そのコンビニの裏手通りの先に賀上神社《かがみじんじゃ》本宮があるのだった。

「ぼくの誘いを断って、よその男の人とご飯食べてた」

「あああれはね」

と、どこまで説明すればよいかわからないが、できるだけ真実をそのまま伝える。もちろん元カレは元同僚に置き換えるが、果たして陽人が理解できるか。

「わかる？　元、同僚。前に勤めていた会社の人がたまたま近野ビルの貸会議室に来てて、そこに傘を忘れてたから渡しに行って、そのついでにご飯食べただけなの。それだけなの」

「ふうん」

「ちゃんと、お父さんにも伝えられる？」

「パパに？」

「そう」

「わかった」

本当にわかったのだろうか。できれば自分の口で説明したい。陽人のように、幹人も誤解したかもしれない。

「……お父さん、何か言ってた？」

「何かって？」

「その、昨日の夜」

陽人は少し考えてから、「別に何も」と答えた。

「あっ、苑ちゃんだ、ってぼくが言ったら、本当だ。苑子さんだねって言ってた」

「それだけ？」

「うん。それだけ」

――その反応に、苑子は喜ぶべきなのか、がっかりするべきなのか。変な誤解をしていなければありがたいが、無関心なのだとしたら、それはちょっと悲しい。

「苑ちゃん」

「ん？」

「卵焼き」

陽人が苑子のお弁当箱を覗《のぞ》き込んでいる。

「どうぞ」

夏バテも手伝って、しゅるしゅると食欲が急減していた。

「ほかのおかずも食べていいよ」

「やったー」


受付に戻ると、千晶がメモを見ながら、休憩中に来客があったと苑子に報告した。

「来客？　わたしにですか」

「柴山さんて男性。知ってる人？」

「え、あ、はい」

知貴がまた、何の用だろう。ただいま休憩中だと千晶が告げると、それでは出直してきますと言っていたらしい。用事があれば直接連絡してくればいいのに、わざわざ出向いて来るとは。

奇妙に思いながらも、さして気に留めることなく、午後の業務を再開する。知貴とは昨日、きれいに別れた。苑子の中では苦みが消えた分、完全に想い出アルバムの一ページに納まっていた。それなのに。

「……あら、本当に出直してきた」

千晶の声につられて自動ドアのほうを見やると、知貴が受付カウンターに近づいてくるのが見えた。

「お疲れ、苑子」

と、やけに馴《な》れ馴れしく声をかける知貴を見て、千晶が目を丸くした。

「どうしたの？」

「うん。ちょっと営業で近くまで来たから寄ってみた。苑子の顔が見たくなって」

苑子はすぐに返事ができず、固まってしまった。それくらい、知貴の言動は苑子に違和感を覚えさせた。温度差というのだろうか。顔が見たくなって寄ってみる――自分たちは今さらそんな仲ではない。

それともそれは単なる口実で、本当は何かほかに言い出しにくい用件があるのだろうか。むしろ、そちらのほうがしっくりくる。

「今、勤務中だから。何か相談とかがあるんなら」

「そういうんじゃないんだ。あ、そうだ。今日は？　仕事の後、時間があるならまた飯行かない？　今度はファミレスじゃなくてちゃんとした――」

「ごめん」

苑子は自分でも驚くほど強い口調で知貴を遮った。

「今日は無理だから」

「……そっか。じゃあ、また」

知貴はつまらなさそうな顔をしたものの、しかし苑子の真意を理解したのかどうかもはっきりしないまま、あっさり引いて去っていった。

「何なの。あれ」

千晶は呆気《あっけ》にとられたように、遠ざかっていく知貴を見ていた。

「すみません」

「いやだ、二股《ふたまた》？」

「は？　やめてください、違いますって」

千晶にまで誤解されてはたまらない。

「わかってるわよ、冗談よ。瀬戸さんは松葉さん一筋だものね。で、さっきのはどういう人？」

かいつまんで話すと「あーあ、それはあれね。完全に元サヤ狙ってるわね」としたり顔で言われた。

「そんな。困ります」

そもそも苑子には、元カレと後腐れなく食事に行けるような器用さはない。恋人から友達に戻ったりできないし、想い出を修正して仲直りしたからと言って、元どおりの関係になるのは無理だ。元サヤなんて考えられない。

それなのに、タイミングの悪さというものがある。また、知貴といるところを幹人に見られたら。

神様のいたずらだったり意地悪だったり。

自分の身にそんな少女漫画や小説の主人公のような出来事など起きるはずもないと思っていた。けれど、神様は気紛《きまぐ》れだから、と以前幹人も言っていた。その幹人に万が一にでも、それで誤解されるような状況はもう作りたくなかった。だから知貴の誘いをあれほど強く拒絶してしまったのだろう。


それからも、知貴からはたびたびメールが来た。

〝今、何してる?〟〝仕事、お疲れ〟〝俺は今から寝るとこ〟〝苑子の会社、土日、休みだよな。どこか行かない?〟

他愛もない雑談からデートらしき誘いまで。どのメールにも、苑子はどう返していいかわからずに困り果てた。

〝悪いけど、ふたりで食事や出掛けることはできません〟

そう返信したが、それでもまたメールは届く。

〝じゃあ、かつての同期も呼んで同期会しようぜ〟

そういう問題ではないのだけれど——着信拒否をすればいいのだろうか。それはやりすぎだろうか。わからない。知貴のメールは、まるでふたりがつきあっていた時のやりとりのようで、苑子はそれが理解できないのだ。

一度、そのつもりはないのに知貴の電話にでてしまったことがあった。別件で待っている電話があり、着信画面を確認せずに応答ボタンを押してしまったのだ。

——あ、俺
しごくあたりまえみたいに、知貴の言葉は始まった。まるでそれが日常であるかのように。けれど苑子にとってはあたりまえではない。苑子の日常に、もう知貴は存在していないのだから。

——何？

つい、苑子は警戒心をあらわにしてしまった。

——何って。別に。用事がなかったら電話すんなって？

それが伝わったのか、苛立《いらだ》ち気味な声音が返ってくる。

どうして苑子が苛立ちをぶつけられなければならないのか。今はほかに待っている電話があるのだと告げても、知貴は電話を切ろうとせず、とりとめもなく雑談を続けようとした。

――ごめん、知貴くん。今、忙しいの

たまらず苑子が遮ると、電話の向こうが沈黙した。苛立ちとはまた別の、穏やかならぬ空気を感じた。

――わかった。またな

通話が切れた後から、じわじわと追い込まれるような恐怖を覚えた苑子だった。

「苑ちゃん、はい、これ」

「ん?」

「水まんじゅうって言うんだよ。中に金魚が入ってんの」

陽人が保冷バッグの中から小さなタッパーを取り出し、蓋を開けた。透明な水まんじゅうの中に羊羹《ようかん》でできた金魚が泳いでいる。

「ほんとだー」

「きれいでしょう」

にこにこと陽人がはにかむ。かわいすぎる。抱きしめたいのをぐっと堪《こら》える。

「はあ。もう今のわたしには陽人くんだけが癒しだわ」

「そうなの? あのね。この水まんじゅうはパパが苑ちゃんに持っていきなさいって言ったんだよ」

　本当は神主さんの涼しげな笑顔と佇《たたず》まいにも癒してほしい——だが幹人はこのところ、とんと姿を見せない。

「パパ、もうすぐうちの神社の夏祭りだから、その準備で忙しいんだよね」

「夏祭りかあ。いつ？」

「えっとね、来週の土曜日。苑ちゃんもおいでよ」

「わたし？」

「……ぼく、子ども神輿《みこし》出るんだ」

「お神輿、担ぐの？」

「うん。あとね、いっぱいお店も出るよ。金魚すくいや綿あめもあるよ。苑ちゃんの好きなフランクフルトもあるし」

「フランクフルト？」

「うん。だっていつもお弁当にウインナー入れてるから。……来る？」

　陽人はじっと苑子を見上げ、答えを待っていた。

　神社の境内はかなり広い。そこに屋台が並ぶのだろう。だが屋台の話は二の次で、子ども神輿のほうを見に来てほしいのだとわかった。

「うん。行く。陽人くん、法被《はっぴ》とか着て、鉢巻きしたりするの？」

「そう！　それでお神輿をかついで近所を回るんだ」

「楽しみだね」

「うん」

お祭りなんて、何年も行っていなかった。陽人の法被姿。そしてその後は幹人と屋台を回る光景を想像し、少し浮足立つ。

(あ、神主さんだからお祭り当日も忙しいのかな)

でも、少しだけでも会えるかもしれない。陽人は約束したとおり、先日のファミレスの件を幹人に話してくれたらしい。『ふーん、そうなんだ』って言ってたよ、と陽人は報告してくれたが、やっぱり幹人の感情は推し量れなかった。

(会いたいな)

覚悟も先のことも、今は横に置いておいて、ただ会いたいと思う。

だが、その日の終業後、苑子を待っていたのは幹人ではなかった。

先に気づいたのは一緒に近野ビルを出ようとした千晶だ。

「ちょっと、瀬戸さん、あれ」

「え？」

「あの人」

「うわ。知貴くん……」

知貴が待ち構えるようにして立っていた。ちらちらと出入り口を窺っている。苑子を待っているのだろうか。迷惑だと思う以前に、恐怖も感じた。苑子は踵《きびす》を返し、一旦、ビルの中に戻った。

「どうしよう」

怯《おび》える苑子に、千晶が張りつめた表情になった。

「もしかして付きまとわれてるの？」

「どういうつもりなのかわからないんですけど、メールがずっと来てて。ちゃんと誘いは断ったのに」

もうメールも送らないでほしい、とはさすがに言えていない。苑子から返すことはないが、それでも知貴からの連絡は途絶えなかった。

「わたし、地下のほうから出ます」

「それがいいわ。ひとりで大丈夫？　駅までわたしも一緒に」

「平気です。倉永さんまで遅くなっちゃいますから」

地下二階の駐車場から外へ出る。けれどまっすぐ駅に向かうにはビルの前を通らなければならない。違う道で駅に行くにはどうしても遠回りになるのだ。

（まさか、ビルから出てこないからって駅で待ち伏せしてたりしないわよね）

そう思うと、その場に立ち竦《すく》んでしまう。知貴は決して暴力的な男ではないし、常識がない男でもない。

だからきちんと話せばわかるはずだ。そう思う一方、最近の話の通じなさや昔に輪をかけた強引さに怖くなる。

オフィスビルの並ぶ大通りから住宅街へ入り、遠回りに遠回りを重ねて駅に向かう。初めての道だが、方角は間違っていないだろう。

時間的にまだ明るく、近くに公園でもあるのか子どもたちの声も聞こえる。セミの鳴き声も健在だ。子どもの声を聞くと、陽人ではないかと思えてくるから不思議だった。

「あ、あれ?」

駅に向かっていたはずなのに、いつのまに方角を見失っていたのだろうか。苑子の足は自分でも気づかないうちに別の場所に辿《たど》り着いていた。

目の前に大きな鳥居があった。

境内の真ん中に幹人がいた。

こちらに背を向けているので苑子には気づかない。

陽人が言っていた夏祭りの準備なのだろうか、ファイルを手にした幹人は年配の男性たち数人を相手に、何かを説明しているところだった。

黒っぽいTシャツにジーンズ。後ろ姿だけなのに、満足している自分がいる。

(我ながらお手軽だな。小学生以下かもしれない)

きっと無意識に足が向くほど会いたかったのだ。会えたので満たされた。正しくは会えたというより見ただけだが。

――帰ろ。

鳥居を潜《くぐ》ることなく神社に背を向けた時だ。

「苑子さん？」

幹人の声が後ろから飛んできた。苑子は足を止める。けれどすぐには顔を向けられない。

（はっ。気づかれた）

気づかれてしまった。いや、気づいてくれた――心の中でとりとめもなく想いが回る。気づいてほしかったのだと、そんな結論に辿り着く。まったくお手軽ではない。自分でも面倒くさい。

「苑子さん！」

幹人は声と共に苑子を追ってきた。

「こ、こんばんは」

苑子は観念して振り返った。思いのほか、幹人がすぐそばまで来ていたので仰《の》け反《ぞ》った。

「どうしたんですか？　うちに何か用事でも」

「いえ、そうではなくて……。会社の帰りにちょっと散歩してただけです。もう、帰ります」

幹人は苑子の真意を測るかのように、しげしげと見返してくる。苑子は恥ずかしくなって俯《うつむ》いた。自分は感情が顔に出やすく表情を読まれやすい、ということは千晶にも指摘されたので自覚している。

頭上で、幹人の吐息がかすかに聞こえた。

「ちょっと待っててください」

「え？」

幹人は男性たちのところに戻ってファイルを預け、一言二言何かを告げた。何を言ったか聞こえないが、男性たちがちらりと苑子を見遣《みや》り、ひょこっと首を上下させる。どうやら挨拶をされたらしいと気づき、苑子もぺこんと頭を下げた。

「駅まで送ります」

戻ってきた幹人が言った。

「え？　でも。お仕事中なんじゃ」

「夏祭りの打ち合わせです。これは父ではなくて僕の任務なんで。でももう終わりました。あとはうちで寄合という名の飲み会をするだけだから」

あの年配の男性たちは町内会の長老たちだという。夏祭りは地域住民の協力が不可欠だ。長老たちも年一回のお祭りを生きがいにするほど楽しみにしており、準備段階から全力を注いでいるのだという。

「それじゃあ、なおさら」

「いいんです、僕がいなくても。——そうだ。それとも苑子さんも一緒に寄合にどうですか？　陽人が喜びます」

「え」

「陽人よりお年寄り連中に捕まるでしょうけどね」

「それは遠慮しておきます」

「でしょう？」

くすくすと幹人は笑う。苑子の好きな笑顔だ。

「行きましょう」

「はい。……でもさっき神主さん、長老の方たちに何を言ったんですか？」

歩き出しながら苑子が訊ねると、幹人は「ん？」と考え込み、「別に、たいしたことは——」と首を捻《ひね》った。

「そうですか」

「最近、全然屋上に行けなくてすみません」

「え。そんな」

謝られる理由はなかった。

一方的に苑子が待っているだけだ。それとも待たせているという意識は幹人にもあるのだろうか。そういえば知貴のことも自分で弁明したいと思っていたのに、話を掘り起こすのも妙な時期になってしまった。

「それで、会いに来てくれたんじゃないんですか?」

幹人は少し身を屈《かが》めながら、苑子の顔を下から覗き込んだ。見透かすような眸《ひとみ》に苑子の息が止まる。いきなり核心を攻めてくるなんて反則だ。

「——なんて、うぬぼれすぎかな」

「か、代わりに陽人くんが来てくれるから」

動揺しすぎて、ついはぐらかしてしまった。

「ふうん」

「夏祭りも、陽人くんに誘われました」

「聞きました。僕が誘おうと思ってたのに、先を越された」

面白くなさそうに言うので、つい笑ってしまう。

「ああ、もう駅だ。ゆっくり歩いていたつもりだったのに」

つられたのか、幹人もふっと苦笑した。

同じことを苑子も思っていた。少しでも一緒にいたくて、いつもより歩幅を小さくしていた。幹人は苑子に合わせてくれていると思っていたが、違ったのだろうか。彼もまた苑子との時間を長引かせようとしてくれていたのだろうか。

（どうしよう。うれしい）

けれど、駅はすぐそこだ。住宅街は終わり、ようやく日が落ちた夕暮れの中、ひときわ明るい大通りの街灯の光がそこまで届いている。

「久しぶりに苑子さんの顔を見られてよかった」

改札に向かいながら幹人が言った。

「わたしも」

本当は、神主さんに会いに来たんです。

そう素直に告げようとした。

だが、言葉が止まった。舌が一瞬にして凍った。

改札口の脇の柱のところに、知貴が立っていた。帰宅ラッシュの真っ只中《まただなか》、多くの乗客が行き交う喧騒《けんそう》の向こうにその姿を見つけ、苑子は血の気が引いた。咄嗟《とっさ》に、幹人の後ろに回り込み、その背中に隠れる。

「苑子さん――？　どうかしたんですか」

幹人の声でわれを取り戻したが、震えが止まらない。幹人の肩越しに改札を見る。幸い、知貴は苑子に気づいていないようだ。

「すみません、ちょっと」

「あの男性ですか」

苑子の視線の先を追ったのか、幹人も知貴の存在に目を留めた。

「この前、ファミレスで一緒にいた男性ですよね。元、同僚でしたっけ」

「……はい」

答えながら、陽人は正確に伝えてくれていたのかと、こんな時なのに冷静にほっとした。

「何だか、付きまとわれているようで」

「ストーカーですか」

「そこまでじゃないと思うんですけど」

「家は？　知られてますか」

どうだっただろう。つきあっていたとき、たしか苑子の家には来たことがなかった。送ってもらったことも……なかったはずだ。実家住まいというのもあっただろう。苑子がいつも、ひとり暮らしをしている知貴の部屋へ行っていた。

「たぶん、知られてないと思います」

だからここでまいてしまえば、安泰だろう。

だが、幹人は苑子の家まで送っていくと言い張った。さすがに申し訳なくて断る。そこから数回押し問答はあったが、知貴に見つかっては面倒だ。結局、幹人が盾になるように知貴の視界から苑子を隠し、ほかの乗客に紛れて改札の中へ通すことにした。幹人との名残惜しい時間も慌ただしく過ぎ、甘い余韻どころではない。

「待って、苑子さん。スマホ、出してください」

「え？」

「早く」

「あ、はい」

苑子はバッグからスマホを取り出すと、幹人に言われるままに操作した。幹人の番号とメールアドレス、それから今や連絡方法の主流となっている無料通信アプリのアカウントまで入力した。

「それじゃあ、くれぐれも気をつけて」

「はい」

「何かあったら、いつでも構わないので連絡するんですよ」

念押しするように言われ、苑子は気圧《けお》されたように「はい」と答えた。

まさかこんな形で幹人と連絡先を交換することになるとは。

知貴はまだ人混みの中に現れる苑子を待っているのだろうか。

無事に電車に乗り込み、ほぼ満員の乗客の中で揺られながら、どっと疲れが押し寄せてきた。強すぎる冷房も乗客過多で効いているのかどうかわからないが、苑子は寒気が止まらなかった。

電車のドアにもたれながら息をつく。

ずっとスマホを握りしめていたことに気づいた。

幹人の連絡先が入ったスマホは正真正銘、今の苑子のお守りだった。ぎゅっと胸に押しつけていると恐怖が和らぎ、一転して頬がゆるんでくる。こんなときなのに――こんなときだからだろうか。こうして屋上以外の場所で、幹人と繫《つな》がっていられることがたまらなくうれしい。

(あ、そうだ)

何事もなく電車に乗れたことを幹人に伝えておこう。

ちょうど、彼もスマホを見ていたのだろうか。メッセージを送ったと同時に既読が付き、返信が来る。

〝よかった〟

〝家に着いたらまた連絡をすること〟

苑子もすぐさま返事を打つ。

ふと顔を上げると、電車のドアの窓ガラスに自分の顔が映っていた。とんでもなくにやけていて気味が悪い。それでもゆるんだ口元はもとに戻らなかった。

3

昨夜も知貴からメールが来た。だが無視した。着信拒否はしていない。ネットでストーカー対策というものを少し調べてみたら、着信拒否などをして一方的に接点を切るのは危険な行為だと書いてあったからだ。

さすがに朝は彼も時間がないのか、駅で待ち伏せされることはなかった。それでも会社への道は背後を気にしながら緊張が解けず、オフィスについたころにはすでに疲労困《こん》憊《ぱい》だった。

「瀬戸さん、おはよう。昨日、大丈夫だった?」

「倉永さん――はい、何とか」

昨夜、帰宅するともう一度、幹人に連絡した。

またもや既読はすぐに付き、よかった、と返信がきた。

本当は今朝も駅まで迎えにきてくれるとまで言ってくれたのだが、それも丁重にお断りした。

身近な第三者を巻き込んではいけない――とも、ストーカー対策でしてはいけない事項に入っていたからだ。いちいち連絡するのもどうかとためらっていると、今朝は幹人のほうから、ちゃんと会社に着いたかという連絡が来た。

「何。ストーカーに悩まされているにしては、うれしそうね」

「は？」

「にやにやしちゃって」

「……してません」

だが、千晶の追及に負けた。幹人と連絡先を交換したことを白状すると、盛大に驚かれた。

「知り合って何か月よ、あなたたち」

「かれこれ……八か月？」

指折り数えて答えると、何か奇妙なものを見るような顔をされる。

「信じられない。今時、幼稚園生の子どもでももうちょっと出来るわよ」

知ってます、と苑子は心の中で答えた。

先だっての千晶の息子、蓮。ゴースト騒動まで起こして参道階段を制覇し、どうしても賀上神社に祈願したかったことは、両親の仲直りなどではない。好きな女の子に関することだ。

（陽人くんとの約束だから言いませんけど）

メールは来ても返さない。電話は取らない。会いに来られてもきっぱりと断る。何があってもふたりきりでは会わない。対策として正しいのかわからないが、今のところ実害はなく、苑子の気持ちの問題だけだった。

そう気を張っていると、不思議と知貴は現れなかった。

彼も彼で仕事が忙しく、苑子の周辺をうろついている暇はないのだろう。しかしメールだけは欠かさず届く。このまま放置しておけばそのうち知貴のほとぼりも冷めるだろうか。

だがそうも言っていられない出来事が起きた。

「クレーム？　この前の起業セミナーの受講者からですか？」

一日の受付業務が終わり、帰り支度を整えた苑子は、用事もないのにオフィスのミーティングルームでアイスティーを飲みながらひと息ついていた。残業がないにもかかわらず、ぐずぐずとしているのは、やはり彼の影が気掛かりだったからだ。

またビルの前にいたらどうしよう。駅で待ち伏せされたら。

そう思うと腰が重くなる。だからと言って、安易に幹人に連絡したら、また送っていくと言われるかもしれない。うれしいが、彼が忙しいのもわかっているのでできない。

これを飲み終わったら帰ろう。

そう覚悟を決めたとき、パーテーションの向こうから美冬の声が聞こえた。

た。

（クレーム？　この前の起業セミナーの？）

とは穏やかではない。苑子はアイスティーを飲み干し、ミーティングルームから出た。

「どうかしたんですか？」

紙コップをゴミ箱に入れながら訊ねる。

真辺と美冬が難しそうな顔をしていた。

「受講者のひとりが、執拗なセールスを受けたらしい」

「誰からですか？　主催者の税理士ですか？」

「信用できる税理士さんだって言ってたのに」

「いや――それが、同じセミナーの受講者からだという話なんだ」

セミナーで知り合った受講者たち数人とその場のノリで連絡先を教え合った。後日、起業についていろいろ情報交換をしませんかと彼らに誘われ、出向いていくと、そのひとりが勤めているというビルの一室に連れていかれた。

そこで言われたのが、

『ネットワークビジネスに興味はありませんか。あなただけに教えたいノウハウがあるんです。それを活用すれば起業しても成功しますよ』

ノウハウの相談料は十万円だという。簡単に席を立てないように、ソファの両側に受講者ふたりが座り、前にはテーブルが置いてあった。いらないと断っても簡単には解放してくれず、かれこれ二時間、軟禁された。途中で、十万を払う契約をしてもいいから逃げ出したい、とさえ考えたそうだ。それを、文字どおり、命からがら振り切って部屋を飛び出したのだという。

「ひどい話ですね。でもどうしてうちにクレームなんですか」

お門違いではないかと美冬は言い、苑子も同意した。

「最初は主催者の税理士に連絡したそうだよ。でも受講者の身元をいちいち確認はしない。受講申し込みの際も名前と連絡先を聞いて、受講料を振り込んでもらうだけだそうだ」

「それで、うちにですか？」

「ほぼ八つ当たりだが、今後、気をつけてくれとも言われた。その人は、近野ビルでセミナーが行われるから信用したんだとも言ってね」

中にどんなテナントや会社が入っているかわからない雑居ビルではない。もとは大手商社の自社ビルだったことも知っていた。今もロビーにちゃんと受付があり、ビル内の清掃も行き届いた清潔なオフィスビル。だから、そこで行われるセミナーも信用できるだろうと思ったのだと。

「それを聞いてね。クレームなんだけど、ちょっとうれしかったのは事実だ。ビル自体が信用されている。ありがたいね。だから以後は気をつけたいと思うけれど、今回のようなセミナー受講者ひとりひとりの素行まではチェックできないかなあ。残念だけれど

──瀬戸さん、どうかした？」

聞きながら、われ知らず苑子は変な表情をしていたらしい。

「いえ、あの」

苑子の脳裏にはその起業セミナーの後のファミレスでの様子が蘇っていた。ソファの端に知貴が座り、横と前には同じセミナーを受講していた男性が座っていた。

まさか、知貴も彼らの餌食《えじき》にされようとしていたのだろうか。もしも苑子が現れなかったら。ビルの一室とは違い、人目も多いから断ろうと思えば難しくはないだろう。それとも。

知貴もその仲間だったら。

それは考えが飛躍しすぎだろうか。ファミレスにいたのはセールス目的の受講者たちではなく、単に食事をしようとしていただけかもしれない。けれど、彼らの前には水の入ったコップひとつすらなかった。食事をするつもりはなかったということだ。

それに、苑子が彼らの顔を覚えていると言った時、知貴はその理由を怪しかったからだと思った。執拗な勧誘セールスなんて、怪しげな人物の筆頭ではないか。

「部長、そのしつこいセールスをした受講者たちってどんな人たちなんでしょう」

「どんな人？」

「顔、とか」

「さすがに人相までは聞いていないな。彼らを捕まえてほしいとか、告発をしようとか考えているわけではなさそうだった。名前は聞いたよ。ええと、樋川《ひかわ》と福田《ふくだ》、だったかな。たしかに受講者リストにその名前はあった」

「そのふたりだけですか？」

「何だい、瀬戸さん、心当たりでもあるの？」

「そうじゃないんですけど──あ、すみません」

言葉を濁すしかできずにいると、スマホが鳴った。知貴だった。このタイミングで連絡が来るとは。出ないと決めていたが、迷ったあげく、苑子は応答ボタンを押した。


待ち合わせは前と同じファミレスだ。

今日は知貴ひとりだった。店員を呼び、彼はハンバーグセットを頼んだが、苑子はドリンクだけにした。

「来てくれると思わなかった」

「え？」

「避けてただろ、俺のこと」

さすがに気づいていたようだ。

知貴は少し苛立ちを表しながら、水を呷《あお》った。

「何で？」

「何でって……会う理由がないから」

ずばりと苑子が言うと目を点にして鼻白み、やっぱり「苑子は冷たい」と言い出した。

「だって、会ったって思い出話しかできないでしょ。それもこの間、十分したじゃない。もう話題もないよ」

「俺は——思い出話だけじゃなくて、これからの話もしたい」

「は？」

「苑子ともう一度つきあいたいって思ってる」

「何、言ってんの？」

「だって、それなりに楽しかったじゃん。三年もつきあっててさ。会社が倒産して、あんなふうに別れてしまったけど、この前苑子に再会して、いろいろしゃべって、ああ何かいいなって思った。落ち着くというか」

「そんなの困る」

苑子は即答した。これから、と言われても知貴とのこれからはまったく何も描けない。

その図が何も浮かばない。

「困るって。まさか、今つきあってるやついるのか」

思いもよらなかったというような顔をして知貴が言うので、苑子はちょっとむっとした。

「こうやって、元カレと会っているのを見られて変な誤解されたくない人はいる」

「ふうん。どんなやつ」

「教えない。でも、優しくて穏やかで――」

普段は捉えどころがないけれど、仕事の時は凛《りん》としてて、と苑子は説明しながらお弁当を一緒に食べる時の幹人や、儀式の時の狩衣《かりぎぬ》姿の幹人を思い出していた。

「ああ、もういいよ。教えなくて。そんなにやけた顔で言われたら興ざめ。で？　誤解されたくない相手がいるのに、今日は何で来たわけ」

そうだった。知貴が思わぬことを言い出したので忘れるところだった。

「あのさ。この前、ここで会った人たちなんだけど」

苑子が切り出すと、知貴の表情が少し曇った。

「同じ起業セミナーを受講していたって人たち」

「あいつらがどうかしたのか」

「知貴くんの知り合い？」

「知り合いって、だからセミナーで知り合ったやつらで」

「もともとの知り合いじゃなくて、あのセミナーで初めて会ったの？」

「何が聞きたいんだよ」

知貴は落ち着きなくコップを弄《もてあそ》ぶ。ちらちらとフロアの奥の厨房《ちゅうぼう》を見る。早く料理が運ばれてこないかと思っているのか。苑子の質問の真意を問い返しながら、あまりこの話を続けたくはなさそうだった。

「しつこく、何かの勧誘を受けてたとか」

知貴はわかりやすく顔色を変えた。

「名前は樋川さんと福田さんで合ってる？」

「……何なんだ」

「怪しいとか言ってたのは知貴くんじゃない。知貴くんはその仲間じゃないのね？」

「俺？　俺は違う」

「やっぱり勧誘されてたほう？」

知貴は答えを一瞬ためらったが、不承不承頷いた。どちらにせよ、苑子にはそのことを知られたくなかったようだ。

「目を、付けられてたんだろうな」

「目？」

「そ。あいつらを見かけたのは初めてじゃなかった。いろんな起業セミナーに顔を出してるやつらだよ」

最初から受講者狙いの勧誘者なのか、数ある起業セミナーで少なくとも二、三回は見かけたことがあったという。

「っていうことは、知貴くんも何度か起業セミナーを受けてたってこと？」

「……そりゃあ、まあ。起業セミナーってひとことで言っても、教えてくれることは主催者によって違う」

この前のような税理士が主催なら、税金や法人の起ち《た》上げかた、金融機関が主催するセミナーは事業資金の借り入れかたを具体的に講義してくれる。ほかにもマーケティングの仕方やそもそも起業とは何ぞやから語られるセミナーもある。受講費は様々だが、数千円からのセミナーも多く、気軽に受講しやすい。

知貴も時間を見つけてはいろんなセミナーに通った。そこに樋川や福田もおり、目を付けられたのだろうという。

「どうして知貴くんが？」

「カモだって思われたんじゃないか」

半ば投げやりな口調で、そして自嘲気味に知貴は言った。

「ああいうやつらって、目敏《めざと》いんだろうな。鼻が利くというか。迷いがあるとそこを狙ってやってくるんだ。樋川や福田が近づいてきたのは初めてだけど、そういう勧誘に付きまとわれたのは初めてじゃない。だから別に、樋川たちも適当にあしらえたけど——あの時は苑子に助けられたって感じかな。しつこかったし」

迷いがあると狙われる。では知貴も？

声には出さなかったが、苑子の表情を読んだらしい。

「俺はずっと迷いの中だ。あの会社が倒産してから」

やっと料理が運ばれてきたが、知貴はゆらめく湯気を眺めるだけで、手をつけようとしない。

「あのさ。あれから会社を一回変わったって前に言ったけど、あれ、嘘。本当は二回。今の会社の前にもうひとつ、運送会社。一年足らずで三社目。採用はされたけど、長続きしない。……これでも苑子はすごいって言う？」

問われて、返事に窮した。会社を辞めてもすぐに次が見つかるのはすごい。だけど。

「馴染めないんだ。どこへ行っても。今の会社も。それでずっと戦力外。だから、だったら自分で起業したらどうだろう、なんて単純な理由でセミナーを受講して、でも答えは見つからない。自分が何を求めてるかもわかってないから仕方がないよな。——こういうの、何ていうか知ってる？」

「え」

「セミナー難民」

それは、何だかとても刺さる言葉だ。

「でもこの前、苑子に会えて純粋に楽しかった。皮肉に聞こえるかもしれないけど、すごいって褒められてうれしかった。久しぶりに人に褒められたから。充実してた昔を思い出した。昔っていってもここ数年のことだけど。会社が倒産するなんて思ってもいなくて、仕事はやりがいもあって、苑子っていう彼女もいて」

あえて知貴は言わなかったが、本音は聞こえてきた。

――あの日々に戻りたい。

そうなのだろう。現状から目をそらして逃げているのも、きっと知貴はわかっている。目をそらした先に、たまたま苑子がいる。

きっと、苑子が必要なわけじゃない。ましてや、愛情があるのかどうかも疑問だ。あの頃の順風満帆だった日々を取り戻すために、苑子に執着しているだけで。

それがわかるのは、苑子も再就職活動がうまくいかなかったときに似たようなことを思っていたからだ。あの頃に戻れれば、と。ただ知貴とやり直したいとは思えなかっただけで。

「苑子に再会できたのは縁だと思う。俺たちの縁は続いてたんじゃないか」

「それは違うよ」

縁という言葉を出してきた知貴を、苑子はすかさず否定した。

苑子と知貴の縁はもう、とっくに終わっている。

「知貴くんは、別の縁を探したほうがいいよ」

知貴は傷ついたように表情を歪《ゆが》めた。

縁はない。けれど、ここで突き放すのは正解だろうか。何だか、放っておけない心情も芽生えてきてしまった。

「あのね。うちのビルの屋上に神社があるの」

「え？」

「賀上神社って言ってね。小さい祠だけど、わたしもよくお参りに行くんだ。今の会社に就職できたのも、その神社のご利益のおかげ」

唐突な話題に、知貴は毒気を抜かれたような顔をした。それから少し、胡散臭《うさんくさ》いものを見るような目で苑子を見返す。

「苑子、まさか、変な宗教にはまってたりしないよな」

「へ？　何で」

「セミナーで、たまにそういうのもある」

「知貴くん、どんなセミナー行ってたのよ。賀上神社は普通の神社だってば。近くに由緒正しい本宮があって、その分社。参拝の仕方がちょっと変わってるけど。その神社に行くにはエレベーターの使用は基本的になし。ビルの地下二階の駐車場から入って階段室の階段十二階分をひたすら上がっていく。その長い階段が参道なの」

そう説明しても、知貴は若干、気味悪そうに苑子を見ている。

「祠で手を合わせるのも大事だけど、お参りする途中がね、わたしは大事な時間なんだと思うんだよね」

「階段上るのが？」

「うん。長くて本当に足が疲れるんだけど、淡々と上ってると、心が落ち着いてくるし、悩み事があっても一歩一歩階段を上りながら自問自答してるの。自分を見つめ直す時間っていうのかな」

自分の心と向き合うことができる。千晶もそう言っていた。

「答えが出る時も出ない時もあるけど、屋上に着いたときはけっこうすっきりしてたりする。だから知貴くんも気が向いたら一度、参拝してみるといいよ」

知貴は半信半疑といった様子で、それでも苑子の言葉の何かが届いたのか、

「気が向いたらな」

諦め気味にそう言って、冷めきったハンバーグにフォークを入れた。

4

「屋上の神社、行ってきた」

知貴が近野ビルの受付に現れたのは、翌週月曜日の終業間近だった。

少しだけ身構えた苑子だったが、すぐに警戒は解けた。横に千晶がいたこともあるが、何より、知貴の表情がそれまでとは違っていた。

最後にファミレスで会って以来、かれこれ四日。ストーカーじみた電話やメールも一切なかったせいもあるだろう。

千晶は横から険しさと懸念が入り混じった鋭い視線を知貴に突き付けていた。知貴がたじろいだので、苑子は大丈夫です、と目で千晶を宥《なだ》めながら、

「賀上神社に?」

と、訊ねた。

「うん」

その日は土曜日で、知貴は夕方に近野ビルに出向いたという。言われたとおり、地下二階からビルに入り、まだどこか信じきれないまま、警備員室で屋上の神社に行きたいと言ったら、快く通してくれたので驚いたという。

夕方とはいえ、今年の夏は酷暑で気温はまったく下がらない。空気の流れがほとんど

ない階段室は蒸し風呂状態だった。それでも自分のほかに参拝客らしき人が黙々と階段を上がっていて、それもびっくりしたらしい。

「でも、苑子が言ってたことは、ちょっとわかった」

ほかのビルと何も変わらない普通の階段室の階段なのに、上がっているうちに、ああここは参道なのだと納得する感覚が何度もあったという。

「暑くてサウナかよって思うんだけど、時々、さあっと涼しい風が耳の横を過ぎていくような感じもして、錯覚だってわかってても、何か、うん」

神社の境内に一歩入るとなぜか風がひんやり感じるのと似たような体験。そして自分の鼓動の音を聞きながら、ふと無になる瞬間もあり、かと思えば様々な雑念が湧き上がり、堂々巡りが止まらないまま気がつくと五階分ほど上がっていた。

「屋上の風は、気持ちよかった」

「そう」

「変な神主にも会ったし」

「え」

「Tシャツにジーンズの。掃除してた」

「そ、そう」

「苑子も知ってる？」

「うん。まあ」

最初は神主だとは思わなかったらしい。よくわからないが、神社の管理人か何かだと思ったそうだ。気持ちはわかる。苑子も初対面はそうだった。

「何かいろいろ、話を聞いてもらった」

「……そうなの？」

どんな話、とは聞けない。

「うっかり壺《つぼ》を買ってしまいそうだった」

「は？」

「それくらい、話し上手というよりは聞き上手な神主だった。あの人がセミナー開いて、壺を売り出したら、みんな買うかもって。全然胡散臭くないから逆に」

それは褒めているのだろうか。

おかしくなって苑子は笑いを堪《こら》えるのに必死だった。幹人と知貴の出会い。それも不思議な縁だ。まさかふたりが出会うとは思わなかった。

幹人は知貴の顔を知っている。もしかしたら幹人のほうから話しかけたのかもしれない。

（それにしても羨ましい）

と、少しだけ思わないでもない。苑子でも最近めったに遭遇できない幹人と、たった一回の参拝で出会えたなんて。完全に八つ当たりだけれども、やっぱりずるい。

「それだけ。一応、教えてもらったから報告した」

「うん」

じゃあな、と言って知貴は去っていった。

夏祭り

子どもたちの掛け声とお囃子《はやし》の音と共に、神輿《みこし》が通りを近づいて来る。

神輿を担ぐ子どもたちは全部で二十人ほど。背中に「祭」と書かれた青い法被《はっぴ》に、頭には手ぬぐいの鉢巻きを締めている。肩に棒を載せ、「わっしょい、わっしょい」と、祭り囃子とは少しタイミングがずれた元気な掛け声が通りに響き渡る。

神輿の後ろからついていくお囃子衆は、よく見ると、前に賀上神社《かがみじんじゃ》の境内で幹人と打ち合わせをしていた長老たちだった。こちらも気儘《きまま》な様子で笛やら太鼓やらを奏でている。

朝から降水確率ゼロパーセントの祭り日和《びより》だった。ぐんぐんと気温は上がり、日中の日差しは暑いというより痛く、夕方のこの時間になってもいまだ三十度近くはあるようだ。

苑子がいるのは以前、幹人と一緒に来た小さなコーヒーショップの前で、あらかじめ陽人から巡行で通ると聞いていた場所だった。

陽人は苑子の姿を見つけると、神輿を担いでいる肩とは反対側の手を上げて大きく振った。

苑子も手を振り返す。

スマートホンを構え、陽人の写真を何枚も連写した。最前列で待っていたので、遮るものもない。

（きれいに撮れた）

そう満足していると、どこからともなく視線を感じた。

どうやら子ども神輿に参加している子どもにはほとんど保護者が同伴しているらしく、陽人には祖母がついていた。通りでの観客はまばらだったが、それでも苑子ひとりではない。だが陽人が手を振ったせいで、神輿のまわりの大人たちが揃《そろ》って苑子のほうを見ていたのだ。陽人の同級生の保護者もいるのだろうか。神主の息子だから、誰もが陽人やその家族のことは知っているのかもしれない。

苑子を見て、あれは誰だろう、という顔をしていた。

陽人に続いて、その祖母までが会釈をしたのでなおさらだ。慌てて苑子も会釈を返すと、顔を上げたとき、今度は長老たちと目が合った。

にやっとされる。

（にやっ？）

その微笑は何だろう。

混乱しているうちに、子ども神輿は目の前を通り過ぎていく。

まだしばらくは町内を巡行し、神社へと戻るのは三十分ほど先だろう。苑子はひとまずコーヒーショップで休憩することにした。

アイスティーを頼んで、先ほど撮った陽人の画像を眺める。かわいい。あとで陽人にも見せてあげよう。

苑子は飽きることなく陽人の画像に見入った。小さな肩に神輿の親棒を担ぎ、額の鉢巻きの下から汗を滴らせる姿はとても健気《けなげ》でいじらしい。手を振りながらこちらに向けた笑顔は誇らしげで勇ましい。ふと、美由紀のことを考える。こんな陽人の笑顔も、すぐそばでずっと見守っていたかっただろうな、と。

意味もなく思った。

このコーヒーショップも、きっと彼女は来たことがあったはずだ。

幹人と一緒に。陽人も一緒に。

もしかしたら、今、苑子が座っているこの椅子に、かつて彼女も座っていたかもしれない。目の前に幹人が座っていて、横に、陽人が座っていたかもしれない。

気がつくと苑子は泣いていた。

アイスティーを持ってきた店員が驚いていたが、見て見ぬふりをし、テーブルにグラスと伝票を置いたあとは何事もなかったかのように戻っていく。

苑子は涙を拭い、アイスティーを一気飲みする。

何の涙だろう。自分でもよくわからない。

ぼんやりと数十分を過ごした後、コーヒーショップを出る。一応、化粧室でメイクは直した。どうせまた、汗ですぐ崩れてしまうだろうけれど。

賀上神社に着くと、子ども神輿は拝殿の前に到着していた。子どもたちの姿はない。見ると、境内に並ぶ屋台のそこここに青い法被が行き交っている。すでに解散したようだ。

「あっ、苑ちゃん！」

アメリカンドッグを手に、陽人が走ってきた。口の周りがケチャップで汚れている。

「見たよ。お神輿。頑張ってたね。写真もいっぱい撮っちゃった」

「それより、苑ちゃん」

「ん？」

「何で浴衣《ゆかた》じゃないの」

「え」

しごく残念そうに言われ、返事に詰まる。考えなかったわけではなかった。考えたあげく、こうしてワンピースで来てしまった。

「来年は着てね。浴衣」

「来年――?」

何気なく言った言葉なのだろう。子どもだから次のお祭りは来年。当たり前の発想だ。軽く頷《うなず》いて、わかったと返せばいいのに、苑子はその言葉をつい、重く受け止めてしまった。

(来年。来年もこうして、夏祭りに来られるのかな)

一年後。近くて遠い未来。何の確約もなくて、心もとない関係の先にある未来。

「苑ちゃん?」

「うん、わかった。来年ね」

答えながら、また泣いてしまいそうになる。

「あ、友達来た。苑ちゃん、また後でね!」

同じ法被を着た子どもが陽人を呼びに来た。金魚すくいをするようだ。

取り残された苑子は、徐々に増えてきた人の波に乗りながら、境内を進む。

だが、それもひとりではすぐに巡り終えてしまった。幹人の姿を探していたが、見つかるはずもなく、苑子は途方に暮れてしまった。

(――帰ろうかな)

お役目中の幹人に連絡するつもりはない。連絡しても、幹人はスマホを見る暇はないだろう。そう思っていた時、苑子のスマホの通知音が鳴った。

〝苑子さん、まだいらっしゃいますか〟

幹人だった。

〝はい。境内に〟

即座に打ち返す。苑子はスマホを握りしめたまま、画面を凝視した。待つこと数十秒。また、返信があった。

〝すみませんが、屋上で待っていてくれませんか〟

「屋上？」

苑子は疑問形でつぶやきながら、スマホの時間を見る。十九時四十分。平日ならまだビルは開いているが、今日は土曜日だ。

〝うちのビルの屋上ですよね？　まだ開いてますか？〟

管理しているのは苑子が勤める須田メンテナンスだが、土日の施錠状態はほぼ警備員任せだ。

〝大丈夫。たぶん、まだ開いてます。僕から警備員さんにも伝えておきます〟

〝わかりました〟

〝なるべく早く、僕も行きますので〟

幹人も今、この本宮にいるだろうに、なぜわざわざ屋上神社なのだろう。変だなと思いつつ、スマホを仕舞って、近野ビルに向かう。

「どうぞ。松葉さんから聞いてます。まだ開錠してますので」

地下二階の警備員室でそう言われたが、果たして休みの日のこの時間に何をしに行くのか、警備員はなぜ奇妙に思わないのだろう。幹人が何かもっともな理由を言ったのだろうか。

夜の屋上に上ったのは初めてだった。星がちらちら見えるが、やはり都会の空だ。ビル群の明かりに押され、星空とは形容しがたい。

それでも光源がひとつもない屋上は闇に包まれていて、周囲の建物の明かりがなければ、自分の手さえはっきりとは見えなかった。

もはや習慣というのか、屋上に来たら参拝せずにはいられない。苑子は暗闇に浮かぶ賀上神社の鳥居を潜《くぐ》り、賽銭箱《さいせんばこ》に小銭を投じた。

手を合わせる。なぜか、何も伝えるべきことが浮かんでこなかった。呆《ほう》けたまま鳥居を出る。

しばらく手すりに寄りかかりながらぬるい夜風に吹かれていると、屋上の扉が開く音がした。

影がひとつ出てくる。幹人なのだろうが、顔がまったくわからない。

「苑子さん？」

声を聞いてやっと安堵《あんど》した。

「はい」

「遅くなってしまってすみません」

屋上に来てから時間の感覚がなかったが、確認するとすでに午後九時近かった。

「お勤めは終わったんですか？」

「ええ、まあ。父もいますので」

数メートルの近さまで来て、ようやく幹人の顔が確認できた。いつものシャツにジーンズだが、普段は額を隠している前髪がない。

「あ、これですか」

苑子の視線がおでこに集中しているのに気づいたのか、幹人は照れくさそうに、「さっきまで烏帽子《えぼし》を被《かぶ》ってたので」

と答えた。いろいろと祭りでの儀式があり、烏帽子に狩衣《かりぎぬ》を着ていたのだという。服は着替えたが、慌てていたので髪型はオールバックのままだったようだ。きれいな眉のラインがとても凛々《りり》しく見える。

「陰陽師《おんみようじ》スタイル、見たかったです」

「この間、ここで婚礼をしたときも見たじゃないですか」

屋上神社での婚礼は須田メンテナンスの社員である苑子も手伝うので、そのたびに狩衣姿の幹人が見られる。今までに二回は見た。けれど、何度でも見たい。本業の幹人の佇《たたず》まいは、それは優美で厳《おごそ》かで、いつも目を奪われ、見惚《みと》れてしまう。

「それを言えば、僕も苑子さんの浴衣姿を見たかったですよ。陽人から洋服だったと聞いて、少しがっかりしてました」

「……ごめんなさい」

「嘘《うそ》です。そのワンピースもよく似合ってます。でも来年は浴衣、着てくださいね」

陽人と同じことを幹人も言う。来年――またも心が揺れる。

だが深く考える前に、

「こっち」

幹人に手を取られた。驚きで感情が跳ねる。

「ここに座りましょう」

「は、はい」

いつもの設備機器の建物ではなく、鳥居の間に腰を下ろした。

繋《つな》いだ手は解《ほど》かれない。

「ここからが、いちばん星空が見えるんです」

幹人の言葉どおり、そこから見える方角には高いビルがあまりなかった。星の数も心なしかほかの方角より多く、輝きも増しているように見える。

「苑子さん」

「は、はい」

苑子の手を握る幹人の手に、ぎゅっと力が籠った。幹人は何を言おうとしているのかと、にわかに緊張感が募った。

「この前、ここで柴山さんに会いました」

幹人は夜空を見上げながら言った。そこで知貴の話が出てくるとは。驚きと共に、少なからず拍子抜けした。

「そう、ですか」

「ちょうど掃除をしてる時にいらっしゃったんです。すぐに苑子さんをつけ狙っていたストーカーだとわかりました。でも」

顔つきが違っていた、という。

「顔つき？」

「はい。駅で苑子さんを待ち伏せしてた時とは。別人とまではいきませんけどね」

それでも、半分くらいは憑《つ》き物が落ちたような面差しをしていたらしい。

「つい、話しかけてしまいました」

「神主さんから？」

「はい。気になって」

そうしたら、とある女性に聞いてここにやってきたと彼は話した。

――以前つきあってた彼女に……今はこのビルの受付をしてるんですけど、その彼女に勧められたんです。屋上に神社があって、参道の階段を上がるうちに、自分を見つめ直すことができるって
「……元同僚、ではなかったんですね」

「えっ」

そこですか。

問い返しそうになったが、ここは素直に頭を下げた。

「すみません。何となく、言い出せなくて」

知貴から幹人と会ったことを報告されたときに、覚悟はしていた。いろいろ話を聞いてもらったというからには、もちろん、なぜ屋上神社にやってきたのかという話もその中に含まれていただろう。元カノに教えてもらった、と知貴は正直に言った。隠す必要もないだろうし、苑子が誤解をされたくないと言った相手が、まさか幹人その人だとは想像もしていなかったはずだ。

気まずい沈黙が流れた。星を見ながら、意識はすぐ隣の幹人の気配だけを感じている。次に何を言うのか、言えばいいのかわからずに、その横顔すらまともに見られない。

「ああ、そうだ」

「はい」

「陽人の写真を撮ってくれたそうですね」

「ああ、はい。撮りました、いっぱい。待ってくださいね、スマホを」

話題が変わったことにほっとし、苑子はバッグの中を探った。その際、自然に幹人の手が苑子の手から離れた。

一抹の寂しさを感じながら、スマホを開く。何十枚も並んだ陽人の画像を、幹人は一枚一枚じっくりと熱心に見ていた。夜闇の中でスマホ画面の光が、我が子の姿を見つめる父親の面差しを照らす。

「こうして見ると、大きくなったなあと実感するなあ。毎日、目の前で見ているはずなのに」

一瞬を切り取った何気ない表情に、成長を感じるらしい。そのまま永遠に眺めていたいようで、そんな幹人を苑子もずっと見ていたかったが、幹人はしばらくしてふと我に返ったように顔を上げ、礼を言って苑子にスマホを返した。

我に返って、幹人は何を思ったのだろうか。

束《つか》の間《ま》、苑子が隣にいることを忘れていたのかもしれない、と思った。それならばまだいい。もしや幹人は、隣にいる苑子にまた、亡き妻を重ねていたのではないだろうか。夫婦ふたりで息子の写真を眺めている――そんな錯覚を起こしていたのではないだろうか。

「苑子さん？」

「あ、あの。あとで、神主さんのスマホにまとめて送りますね。陽人くんにも見せてあげてください」

スマホをバッグに戻しながら、苑子は早口で言った。勝手に想像して、勝手に傷ついている。そんな苑子を、幹人は不可解そうに見ていた。

「苑子さん」

「……はい」

「僕は、自分でも気づかないうちに、苑子さんを傷つけているんでしょうか」

「は？」

「亡き妻のことで」

苑子は呼吸を止めて、隣の幹人を見上げた。

「そんなことは――」

いいんです、苑子は視線を伏せ、首を横に振った。かすれた声が出た。

「わたしが勝手に傷ついてるだけですから。神主さんは神主さんで、亡くなった奥さんを忘れられないことも、これからもずっと忘れることはないってこともわかっていて、そんな過去も今もこれからのこともぜんぶひっくるめて好きなんだからしょうがないんです」

　どさくさに紛れて告白してしまった。好きだ、と初めて言葉にしてしまった。反応を知るのが怖くて、苑子は俯《うつむ》いたまま動けずにいた。できることなら両耳を手でふさぎたかった。返ってきたのは意外な言葉だった。

「じゃあ、おあいこですね」

「え……。おあいこ？」

　苑子が顔を上げて問い返すと、「はい」と幹人は頷いた。

「僕は今まで、自分は苑子さんにふさわしくないというか、そんなふうに思ってました。妻を亡くした子持ちの男です。妻のことはこの先も忘れることはないでしょうし、何よりいちばん大事なのは陽人で、それも永遠に変わらない。それなのに、誰かをまた――なんて、その人に申し訳ない。でも、遠慮をするのはやめました」

　幹人は淡々と続ける。

「遠慮？」

「僕に過去があるように、苑子さんにも過去がある。柴山さんに会って、当たり前のことを思い知ったんです。苑子さんにも過去の恋愛がある。その人が今も忘れられない人だとか、生きているか亡くなっているかは関係なく、苑子さんの人生には関わった男性がいる。もしかしたら、柴山さん以外にもいて、その人を苑子さんは今も忘れずにいるかもしれない——ああ、例えばの話です」

そんな人はいません、と全力で反論しかけた苑子を、幹人は苦笑して制した。

「妻を亡くしたシングルファーザーでも、恋をしてもいいでしょうか」

「わ、わたしに訊《き》くんですか？」

「苑子さんが決めてください」

ずるいなあと思いつつ、苑子は答える。

「……いいと思います」

よかった、と幹人は微笑《ほほえ》んだ。

「僕は、苑子さんが好きです」

解説

神田法子

疲れたときや悩んでいるとき、ふっと見上げた青空や頬を撫《な》でる風に癒され、気持ちが落ち着くことってよくありますね。そんな瞬間に感謝する気持ちが自然に湧いてくることも。日本には八百万《やおよろず》の神がいて、身近ないろいろなものに宿り、私たちの生活を守ってくれている、それはどんなに社会が発達しても日本人の心に自然に根付いている感覚なのではないでしょうか。そして神を祀《まつ》る神社も、私たちの心や日常の生活に寄り添うようにさりげなく佇《たたず》んでいるものなのです。

それはビルでいっぱいの都会でも同じ。岡篠名桜さんの『屋上で縁結び』シリーズは、東京都内にある屋上に神社を擁するビルが舞台になっています。

四年勤めた会社が倒産し、付き合っていた彼とも別れ、転職活動もうまくいかず、落ち込んでいた瀬戸苑子《せとそのこ》は、ビル越しに見えた赤い鳥居に願掛けしたことをきっかけに、須田《すだ》メンテナンスという会社に採用されます。賀上神社《かがみじんじゃ》という神社を屋上に持つ近野《こんの》ビルで受付担当をすることになったのですが、お礼参りをした際にラフな服装をしたイケメンな神主さん・松葉幹人《まつばみきと》に出会います。受付の先輩・倉永千晶《くらながちあき》によるとシングルファーザーだという幹人と、お昼時にお弁当のおかずとお供え物のお菓子を交換して食べる仲に。会うたびに彼に惹《ひ》かれていくのを感じる苑子ですが、神社とビルをめぐっていろいろなハプニングが起こり……。

というのが、シリーズ一作目の内容。平凡そのものでちょっと不器用なＯＬ・苑子と、優しいけれどちょっとミステリアスな神主さん・幹人の淡いラブストーリーであると同時に、神社を訪れる人たちが次々と引き起こすハプニング的な謎を解き明かしていくライトミステリタッチのお話になっています。

さて、シリーズ二作目にあたる本作には四編のお話が入っています。

「日曜日のゆうれい」

タイトル通り、日曜日の人もまばらな近野ビルの防犯カメラに映ったお化けのような二つの人影をめぐるお話。苑子も影の主を探ることになりますが、二つの人影の正体のヒントは意外に身近なところに!?

「巡る想《おも》い」

近野ビルを訪れた森谷清香《もりたにさやか》という女性の話に興味を持った苑子は、彼女が会いたがっている「ミユキさん」を探すことを手伝うようになります。清香がミユキさんからもらったお守りをきっかけに意外な事実にたどり着いて……。

「貸会議室の忘れ物」

なんと苑子をつけ狙うストーカーが登場!? ビルの貸会議室で行われたセミナーを訪れたのは、まさか再会するとは思わなかったあの人。忘れ物を見つけたことをきっかけに厄介なことに巻き込まれた苑子のピンチを救うのは、果たして……。

「夏祭り」

賀上神社の本宮では、恒例の夏祭りが行われます。なかなか会えない日々が続く神主さんに、苑子は自分の中にある気持ちをぶつけます。さてその結末は?

どのお話にも普通の人たちしか出てきませんし、解決すべき謎も名探偵や辣腕《らつわん》刑事など必要ない、些細《ささい》で他愛のないものにすぎません。特別な何かがあるとしたら、神社が舞台ということです。神社を訪れる人は、何かしら願いを携えてやってくるものですが、その「願い」が謎に結びついていると言えます(基本的に神様にする願い事は口に出さないものですし)。結局「どんな身近にいる人だって、人が願っていることなんてわからない」ゆえの謎なのかもしれません。

だからこそ、その謎を解くためには、それぞれの人の顔をちゃんと見て、話を聞いて、気持ちに寄り添っていくことが必要なのです(そこで苑子の特技が発揮されていきます）。この物語に共通しているのは、そんなふうに人と人とが関わってゆく「温かさ」なのではないでしょうか。

と同時に、これらは「信じてゆく」過程を描いた物語でもあります。

シリーズの冒頭では、まったく自信というものがなく、先が見えなかった苑子は、ほんの偶然に導かれて、まさに自分が願を掛けた神社のあるビルで職を得て、自分の特技を活《い》かせる仕事を与えられ、恋のような感情も芽生えて、日々がだんだん充実していきます。人が神様の存在や神秘的な出来事を信じるのは、素敵な「偶然」に出会ったときだと言えます。素敵なめぐり合わせや突然の思いつき、運命的な引き寄せ……さまざまな偶然が、このビルや神社では起こり、そのたびに苑子は自分を信じる力を身につけ、彼女の心に変化が起こっていきます。

ビルの屋上の神社ということで、階段が参道になっているという設定も効いています。エレベーターで上がるとあっという間の距離でも、自分の足で一歩一歩踏みしめながら上がっていくことで、自分の身体《からだ》の輪郭を実感し、自分を見つめ直すきっかけになるのです。無意識のうちに都会人の運動不足からくるストレスも解消され、気分もすっきりするのか、参拝するだけで気持ちの整理ができて、憑《つ》き物がおちたように晴れやかな顔になれる仕掛けになっています。苑子はこれを週五日繰り返しているのですが、その先にあるものが見えないゆえにすっきりできない部分もあります。

屋上で神主さんに会うことに関して、苑子は敢《あ》えて約束はせず、偶然に任せています。会えるのは週二日程度で、会えない日は一緒に受付に座っている千品から見てもわかるほどしょんぼりしている様子は、少しもどかしくもあるのですが、この二人らしいペースで、ゆっくりと気持ちが通じていくのもまたこの物語の魅力です。

途中、苑子が神主さんのことを思ってついにやけてしまうシーンがたびたび登場しますが、ラストの展開には、さすがに読んでいる方もにやけてしまうかも!? というヒントだけ、ここで言っておきましょう。

また、苑子と神主さんの距離が（揺れながらですが）少しずつ近づいている一つの表れとして、今回、神主さんが苑子に対して神社の（あるいは神主の）基礎知識とも呼ぶべきウンチクを披露するシーンがいくつかあります。「神社本庁」なんて言葉に戸惑う苑子は初々《ういうい》しくて可愛《かわい》らしいですが、作者の岡篠名桜さんの神社の歴史に対する教養や関心の高さ、神社そのものが大好きな気持ちが感じ取れる描写でもあります。

岡篠名桜さんは、二〇〇五年にノベル大賞読者大賞を受賞され、以降、コバルト文庫、雑誌コバルトを中心に活躍してきました。唐朝の中国を舞台に女性剣士を主人公にした壮大なスケールの『月色光珠《つきいろこうじゅ》』シリーズをはじめとしたファンタジー作品を多々手がけています。その後、二〇一三年あたりから本格的な時代物の小説も書き始めました

（元々、読者としては時代物がお好きだったようですが）。みなし児でありながら宿屋の夫婦に拾われ看板娘になった主人公が、大坂の街をふらふら歩きながら観光案内をこなし、いろいろな事件に巻き込まれていく『浪花《なにわ》ふらふら謎草紙』シリーズをはじめ、新しい境地を開いています。

実は、コバルト時代の岡篠さんの作品にも神社に縁の深いものがあります。『花結びの娘』シリーズです。大正時代の勝気な女学生が主人公ですが、彼女は日本全体の鎮守とも言われる古社・伊勢《いせ》神宮に斎宮《さいぐう》として仕えた沫緒《あわお》の「むすび」の能力を受け継いでいるという設定です。太古の記憶に翻弄されながら、同時代によみがえった「解き」「断ち」の能力を持つ男性たちとの揺れる関係を描いたファンタジーは、神に仕える者の神秘的な力とリアルの世界の感情とのせめぎ合いで読者を引き込んでいくパワーを持っていて読み応えありです。

そしてそのような過去作と比べるまでもなく、現代を舞台にした本シリーズのヒロイン・苑子はまったく普通の人です。まるで、この本を手に取っているあなたや私のように（二〇〇〇年代以降のコバルトシリーズのメインストリームはファンタジーですが、コバルトを卒業した作家さんたちの多くは、「普通の女性」を主人公にした作品を選んで書いていることは興味深い傾向です）。

だから、これは少女小説《コバルト》を読んで夢を見ていた「私たちの物語」と読み替えられるのではないでしょうか。特別な能力なんかなくても、ドラマチックな時代に生まれなくても、今生きているごく平凡な何気ない日々の生活の中で、目を凝らし、人の心の動きに敏感に寄り添って、素敵なドラマや最高のロマンチックを見出《みいだ》していくこと。それは少女の時に培《つちか》った「物語という夢を信じる力」ゆえにできることなんだ、ということを私たちに教えてくれるのです。

（かんだ・のりこ　ライター）

本書は、集英社文庫のために書き下ろされた作品です。

岡篠名桜の本

屋上で縁結び

屋上に神社を祀るビルで受付嬢として働くことになった苑子。初出勤日、屋上に上ってみた苑子は、社の掃除中の神主・幹人と知り合い……。日常の小さな謎を描くお仕事ミステリー。

集英社文庫

岡篠名桜の本

浪花ふらふら謎草紙

大坂の旅籠「さと屋」の看板娘・花歩。ある事情から「ふらふら歩き」が日課で、気づけば町に詳しくなっていた。それを生かし、名所案内を始めるが……。浪花の人情溢れる時代小説。

集英社文庫

岡篠名桜の本

見ざるの天神さん
浪花ふらふら謎草紙

夏の大坂。天神祭の案内をしていた花歩だが、「さと屋」の泊まり客の一人が祭の禁を犯す騒ぎを起こしてしまう。「天神さんに罰を当てて欲しかった」と言うのだが……。第2弾。

S 集英社文庫

屋上《おくじょう》で縁結《えんむす》び 日曜日《にちようび》のゆうれい

2017年12月20日 第1刷 定価はカバーに表示してあります。

著 者 岡篠名桜《おかしのなお》

発行者 村田登志江

発行所 株式会社 集英社
東京都千代田区一ツ橋2-5-10 〒101-8050
電話 【編集部】03-3230-6095
【読者係】03-3230-6080
【販売部】03-3230-6393(書店専用)

印 刷 株式会社 廣済堂

製 本 株式会社 廣済堂

フォーマットデザイン アリヤマデザインストア マークデザイン 居山浩二

ISBN978-4-08-745684-4 C0193